文春文庫

おいしいものと恋のはなし

田辺聖子

おいしいものと恋のはなし

目次

本文デザイン　大久保明子

おいしいものと恋のはなし

卵に目鼻

まさか、あとで妙な風な展開になるとは思いもつかなかったから、はじめはいつもの、冗談っぽいノリだった。

「なんでいわないのさ、自分で」

と私は小高《おだか》はるみをからかっていた。

「だってことわられたら、恰好《かっこ》つかへんやんかいさ」

はるみはわざとレトロな大阪弁をつかい、それはてれかくしのせいであるようだった。

「ことわられてもエエやないの、あ、そ、ほな、別くち、あたります、いうたらエエやんか」

「そんなァ」

「今日《きょう》び、それぐらいのたくましさをウリにせなんだら、町も歩かれへんよ、はるみみたいな弱気やったら、すぐ珍味売りつけられるわ、町ん中で宗教勧誘されるわ、して、手ぶらでかえられへんわよ」

「いや、それとこれはちがう、やっぱしィ、なんてかァ、みっちーにいうてもろたほうが、傷つかんですむ」

「そんなん中学生ですんできたレッスンや、こんなトシしてよういうわ」

「あたしも彼も」

「誰が」

はるみも私も二十六だ。

はるみはこのごろになって好きな「彼」ができた。その男はまだシングルであるが、特定の彼女がいるのかどうか、わからない。それから、向うがはるみをどう思っているかも不明である。（会社の男だという。誰だろう？　と私は思った）少くとも、ちょっぴりでも期待がもてるかどうか、私に小あたりにあたってみてほしい、というのである。

私は笑いとばした。二十六の大の女がやることではないやんか。

「自分であたり、いうねん。なんであたしが、そんな、ややこしいこと、せんならんの。あたし、シングルライフがモットーやねんからねっ。けど、はるみがそんな、あかんたれなんて知らなかったな」

私はコンロの上の焼肉を裏返したり、タレに漬けたりするのに忙しくて、そっちに半分、気をとられながらいった。

この〈あかんたれ〉という大阪弁を、誰にもわかるように共通語に翻訳するのはむつかしい。

このごろ、大阪のお役所が音頭をとって、〝大阪弁好っきゃねん〟を打ち出し、大阪弁をPRしているが、〈あかんたれ〉などというコトバは決して推進されず、おちこぼれ、あるいはひそかに抹殺《まっさつ》されることと思われる。〈あかんたれ〉は大阪の恥なのである。あかん人間、ということだから、そんなコトバは大阪人のイメージをこわす、と思う大阪人がいるかもしれない。〈あかん〉という語に、貧乏たれや、くそったれの〈たれ〉がくっついたものだから、ダメなやつということになる。

　全くエエとこなし、の、モノにならぬ、役立たずの、気弱、逃げ腰、ひっこみ思案の、尻の重たい消極的な、甲斐性のない人間、人のいいなり放題、流されるまま、——ともかくそういう感心しない手合いを〈あかんたれ〉というのである。

　大阪人といえば、いつも気忙《きぜわ》しく、おめず臆せず攻撃的で、恥をかいても蛙のつらに小便《しょんべん》、という種族が多いように世間では印象せられるが、あんがい、〈あかんたれ〉の人間も多いのであった。

「あたし？　あたしは〈あかんたれ〉やデ。やっぱしィ、こういうことはァ……」

とはるみはうすあかくなった。はるみぐらい美人なら、あかんたれになる要素はない、と思われるが、わからないものだ。

　私は、はるみと同期でわりに仲がいい。美人のはるみと、社内、イチおしのブス（自分ではぜったい、そう思ってないんだけど）と思われてる私と仲よしだなんて、はた目からは妙に思われるらしいけど、商品管理部から、いまの営業部へ移ったのも同じ時期だったし、何より、はるみは美人だが、ちょっと、とっぽいところ、早くいうとぬけさくなところもあって、気良《きよ》しである。（お人よし、とはまたちがう）そこが好きだ。

彼女はおしゃべりで、大事なことは洩《も》らせないが、それがあるからこそ、はるみを信じられる、ということもある。秘密を厳守する、というようなのは、特殊な場合の美徳であって、女同士のつきあいには必要ない徳性であろう。そんな美徳はまた、何くわぬ顔で人を裏切ったり、だしぬいたりする腹黒さに通底《つうてい》する。こわい、こわい。――もし大事なことや、かくしておきたいことがあれば、黙っていればいいだけだから。

相手に手重《ておも》い圧迫を与え、しゃべりたくてたまらぬような気にさせるのは罪である。秘密は自分だけがこっそりと瓶に蓋《ふた》をして、貯《たくわ》えておけばよい。

そして、ときどきそっと蓋をあけ、柄の長い銀のスプーンをおろして、静かに内容《なかみ》をかきまわし、一さじすくいあげる。舌にうけた甘い秘密の蜜の味を、音なく嘗《な》めてたのしんでいればいい。

ちょうど、このところ、私がじっとかかえこんでる秘密の壺のように。

はるみとはいろんなことを話し合うけれども、ふたりとも熱心になるのは、痩身法《そうしんほう》についての研究成果、あるいは新しいコースやメニューの持ちよりである。

はるみは私よりずっと上背があって、すっきりしており、四肢はすらりとして私からみればうらやましいようなものであるが、はるみにははるみの悩みがあるみたい。頰の線がもっと削《こ》けたほうがいい、という。そういえば、ふっくらした頰をしている。

「ほらディートリッヒいう女優、頰の線が削けてセクシーやったわねえ。あれ、奥歯抜いたんやて。あたしも抜こかしらん」

などと恐ろしいことをいう。

「ぜいたくやな、あたしなんか、からだじゅう、こそげ落したいところだらけやわ」

と私はいった。はるみは〈頬の線をシャープにみせる化粧法〉という記事を熱心に読み漁《あさ》り、私は〈三カ月であなたのふくらはぎは3センチ細くなります〉というページを食い入るように読む。

しかしはるみはあいかわらず、彼女のいう〈あんパン顔〉だし、私も一向かわらない。私の読んだのは、朝、目ざめたらそのままふとんに体をのばし、足を交互に上へ立てる、という簡単な運動であるが、三日でやらなくなった。別に面白いもんでも何でもなく、しまいに、

（ふくらはぎが3センチ細くなろうがなるまいが、それがなんぼのもんじゃい）

という気になり、

（う。これが性格ブスというやつか、この居直りが）

と思うが、それかといって、今更、素直になろうという気もおきない。

たしかに私は太目である。そうしてタテ・ヨコの割合からいえば、横太り、というものであろう。だから横縞のニットセーターは着られるが、縦縞のセーターは着たくない、縞と縞の間隔が異常にあいて、買ったときのイメージとはまったくちがい、べつのセーターになってしまって目を疑ったことがある。

しかし、太ってる、といっても、私はとびきり健康で、動作も敏捷《びんしょう》だ。

息ぎれもしないし、むくんでもいないし、さ。

血色もよく、歩く速度もはやい。スポーツもする。スキーは高校時代、学校で合宿にいって以来、ちょいちょい行ってたのしむ。水泳もする。しかし水泳は熱心にやればやるほど、おなかがすき、食欲がさかんになるのであった。

ま、太ってるのはいい、不健康で痩せてるのより、健康で太ってるほうがいいと思う。以前に、何日か迷いこんだ山中で、チョコレート一枚で飢えをしのぎ、救出された若いOLがいたが、私だったら、一カ月でも生きのびると思う。サバイバル人間こそ、現代人としての資格の一つであろう。

困るのは、〈ブス〉だと人に思われてることだ。

ことに兄はひどい。

私のうちは三人家族である。父は私が中学生のときに亡くなったが母は昔から働いている。五十五歳の地方公務員だ。兄はまだ独りで、年子《としご》だから二十七だ。結婚したいのかしたくないのか、よくわからない。私から見るに、片はしから振られているのだろう。いまだに母に頼っていて、母の意見をいつも無意識に自分の考えのごとく口にする。気のわるい男ではないが、カシコでもない。(と私は思う)

というのは男のくせに容色自慢なのだ。

私たちがもう長く住んでいるのは甲子園の浜の、古い団地である。家賃が安いので、母子三人がやってこられた、と母は、言い言いして、兄が結婚してもここに住めばいい、という。

兄の部屋には写真集から破りとった女たちのヌードやポスターがいっぱい、貼ってある。CDにビデオ、コミックのたぐい、車の雑誌。そうそう、車の写真（雑誌から切りぬいたもの）も多い。

「これ、ジェームス・ディーンが乗ってたポルシェやぞ。これに乗って〈ジャイアンツ〉の撮影中に木にぶつかって即死しよってん」

「やわな車なんやね」

「ちゃうわいっ。失恋しとったからじゃ。なんたらいう女優に振られたんじゃ」

この話は兄の好む話題なのだ。

「オレのこと、ディーンに似てる、いうやつおってな。……」

「男同士でそんな話、すんの？」

「ちゃうわいっ。女じゃっ。女がディーンの」

と兄はベッドの枕もとにかかっているカレンダーをさす。カレンダーはすべてジェームス・ディーンの写真である。

「この写真が、おれに」

とめくって私にみせ、

「とくによう似とる、いうてな、このカレンダー、くれよってん。会社の女の子や」

モノクロのディーンは、顔を斜めにこちらにわけありげな視線をあて、皮肉っぽい口もとに煙草《たばこ》をくわえ、左手の人さし指と拇指《おやゆび》でそれを支えていた。暗い背景にディーンの顔と煙草ばかり白く浮き、写真としてはわるくはなかったが、兄がディーンと同じ角度に顔を向け、煙草を口にくわえてみせると、私はうんざりした。

「まさか、その女のいうこと、本気にしたわけやないやろね、あほくさ」

「本気にするもせんも、事実やからしょうない。福山雅治《まさはる》に似てる、いうやつもおる」

「どこが、や、誰が、や」

アホにつけるクスリはない、というところであった。兄は一介の食品会社のサラリーマンだ。ディーンに似てたってそれがどうなるというんだ。なのに兄はうぬぼれている。兄の長身と、ちょいとした男前は母似かもしれない。母は美人のほうである。

その母は、私に向いてつくづくという。

「美智子《みちこ》はお父さん似なのよ。ずんぐりむっくりして横太りのところ、お父さんそっくりやわ。それに頬っぺたがふくれて団子鼻のところもね」

肉親ほど無残《むざん》なものだ。兄は腹をかかえて笑う。

「ほんま、お多福《たやん》の置物やぞ、おまえ」

うるさいわい。

「そこへくると、ぼくはこのトシでも、〈どっか、少年っぽいわよ〉なんていう女の子、おってなあ。ピーター・パンみたい……なんていわれたり、した」

「へんっ。ピーターパンツやろっ」

「そねむな、ブスはなおらんのじゃ。せめて性格美人をめざせ。ブスでも生きる権利はある。ブスでも人類社会のメンバーじゃ」

精神年齢の幼稚なやつだ！　ブスという言葉を愛称とでも思うのか、母も兄について、あはあはと笑っていて、私の傷心を想像もしない。でも死んだ父は決して私を貶《おと》しめなかった。

〈美智子はかわいい。どこがどうともいえん、ええところが一点、ある〉

といってくれた。どこの一点なのか、くわしく聞きただすひまもなく、父は逝《い》ってしまった。

それでも父はかわいい、といってくれたのだ。それを唯一の希望の星として生きてる健気《けなげ》な私に、母や兄は、さほどディープな言葉とも思わず、無神経にブス・ブスというのだ。いや、母はいわないけれど、兄の冗談めかした雑言《ぞうごん》に笑っているのだから、母も同腹だといっていいであろう。娘の私にずんぐりむっくりだの、団子鼻だの、と断定したりして、ほとんど人間の節度を疑う。鈍感なんてもんじゃない、と思った。

兄はマスク自慢だけあって、おしゃれである。

それも気の利《き》いたおしゃれならいいが、

「おれ、二重まぶたに整形しよかなあ」

などといい、リビングで、脛《すね》に脱毛剤など塗りながら、

「オカーチャン、（兄はいまでも母をこう呼ぶ）カルバン・クラインのブリーフ、買《こ》う

といってくれやあ」

「ふん。ダイエーの特売デカパンでええやん」

と私がいうと、

「へへへ、オマエとはちがう。おれはおなかなんかでてへん。何しろ、ピーター・パン、永遠の少年よ」

兄はおびただしい化粧品を洗面所にぎっしりならべ、パックしたり磨きたてたり、と毎晩、大いそがしである。

「ツルツルになりゃいい、ってもんじゃない。お兄ちゃん、二度パックしてるよ」

と私は母に、いやみったらしくいいつけた。

「今日びの男の子はねえ……」

と母はいっただけで、批判がましいことは口にせず、

「ヤスユキは赤ちゃんから四つ五つのころまで、ほんとに、卵に目鼻、というような子ォやったから」

「なに、それ」

「むきたての茹《ゆ》で卵《たまご》に目鼻をくっつけたように、ちんまりツルツルしてかわいかったの」

「あたしは」

といっていたらそこへきた兄が、

「じゃが芋に手足よ。今でもあんまり変らへんぜ。なあおい、じゃがブス」

　あんまりいわれるので、私は何でもない字を見ても〈ブス〉と読めた。ことにひっかかるのは、文面の中の、

〈オフィス・ラブ〉

　なんかであった。これをなぜか〈オブス〉と読んでしまう。お鮨屋さんに、

〈ふくずし〉

　というのが会社のビルの裏通にあるが、これもつい、看板をブスずしと読みとってしまう。〈板場見習さん入用。ズブの素人可〉という吊り札のズブも、もはやブスとしか読めない始末《しまつ》であった。目が勝手に、字を拾ってしまうのだ。

　会社ではさすがに、兄貴みたいに面と向って、そんな失礼なことをいう人間はいないが、私は「みっちー」と呼ばれ、書かれる。石田《いしだ》さんとも美智子さんとも呼ばれず、しかも、「ミッチー」でもなく、字に書けば「みっちー」なのである。

　営業課の中でみんながよこす連絡メモ、伝言のボード、アミダくじ、なぜか、いつも私のことは「みっちー」だ。後輩の女の子なんか、〈みっちーさん〉とさんづけである。しかたなしに今では私も、身のまわりの事務用品に貼りつけるネームランドのラベルにまで、〈みっちー〉と打ち出して使っている。

　私がみっちーを気に入らないのは、ミッチーだとどことなくすっきりし、スマートに思えるのにみっちーとなると、何だか、動きのキレのわるそうな、短軀《たんく》、下半身デブの

印象があることであった。

しかしそんなことにこだわっているとは人に知られたくないという、屈折《くっせつ》した見栄もある。だから、自分でも、

〈吉田工業より3・30TEL、みっちー〉

などとメモに書いたりするが、これも、自分のブス度に必要以上にこだわる被害意識かもしれない。

私とはるみは、韓国焼酎の〈真露《ジンロ》〉の水割りをたのんだ。

はるみが、話があるので奢《おご》る、というから私たちは会社から曽根崎まであるくことにした。朝の出勤時はともかく、帰りは土佐堀通りの会社から梅田まで歩く人も多い。会社の女の子たちの間では、スニーカーで通勤して会社で低いヒールの靴にはきかえるのが流行になっている。

私もはるみも会社のロッカーに置き靴をしていて、通勤はウォーキングシューズだった。スニーカーではなく、レストランやバーにもはいてゆけるファッションシューズだ。

私たちはこのごろ気に入っている曽根崎のビルの二階の焼肉レストランへいった。このインテリアはとてもモダンで美しい。白黒の市松模様のタイルを壁に貼りつめてあり、テーブルと椅子は赤、煙も出ないコンロで肉を焼くので、服に煙の匂いがしみついたり、タレのシミがテーブルや椅子を汚しているという心配もない。女の子の客が多く、

ワインやジンジャーエールで焼肉をたのしんでいるが、私たちは〈真露〉だ。これはすっきり、さっぱり、していい。

骨つきカルビやロース、心臓のひときれ、ひときれ、てらてらと光りかがやく生レバー（うんと胡麻と刻《きざ》み葱《ねぎ》が振ってある）などをテーブルにならべ、私は慣れた手つきで火の上にのせてゆく。

ここの店の名物は塩タンなのだ。コンロにのせ、これは長く焼きすぎてはいけない、注意ぶかく見ていて、じんわり、脂《あぶら》が浮いてきたところですばやくひっくりかえして、両面ほどよく焼き、あっつ、つつ、……といいながら、さっと食べる。

塩かげんがうまくできているので、これは焼くなり、すぐ。

舌の熱をとるため、〈真露〉の水割りで舌をしめし、ロースをちょっと焼いて、これはタレにつけて食べる。肉は焼きすぎてはジューシイでなくなる。

このタレも、この店のはいい。とろっとして、まったり、しかも一点、ピリッとからい。唐がらしや胡麻油、醬油、白味噌などがブレンドしてあるらしいが、肉にはよくあう。

「うーん、おいしいっ」

だいたい、何をたべてもおいしい私であるが、この店の焼肉はいまのところ、一ばんのお気に入り。

「ちょっと。食べてばっかり居《お》らんとたのむしィ」

とはるみはいった。

はるみのふっくら頬（彼女自身はあんパン顔といやがり、奥歯を抜いて削けさせることまで考えているが）は、少しのアルコールのために桃色に染まって、なかなかに美しかった。

しかも鼻はあるべきところに、頬よりもたかく、中高《なかだか》にそっと据えられ、カルビの脂で光っている唇はふくれて、形よくしまっている。やっぱり、美女なんだろうなあ。お目々だって、すっと切れ長で、いまは情感のためか、食欲が満たされたせいか、ぬれぬれとうるんでいた。

「みっちーから聞いて。な、たのむ」

私は酔いも手伝い、ふざけた。

「その人、もし、アンタよか、あたしのほうがエエ、いうたら、どうする？」

「そんなことない、思う。そやから、みっちーにたのむねんやんか」

はるみが、とっぽくて、ぬけさく、と思うのはそういうときである。兄の鈍感によく釣り合う。

何だ何だ。太目でお多福の置物のような私は恋愛やラブゲームに無関係の存在、恋愛レスの人生とでも思うのかっ。みっちーで一生終ると思うのだろうか。

しかしたぶん、そうなんだろう。今まで人しれず、好きな男たちはいたけど、うちあける勇気も、アタックする元気も出ず、はるみみたいに、ホカの女にたのんで、それとなくあたってもらうという、とっぽい真似もできず、要するに私も、「あかんたれ」なのであった。はるみは無邪気にいう。

「ヨシザワくんええと思わへん？」

「何ンか、いうた？」

「ヨシザワくん」

「吉沢くんが、はるみの、その」

「そー。さっきから、いわへんかった？」

いま、はじめて聞いた。とっぽいはるみはすでにいったと思ってるけど、吉沢くんの名はいま、とつぜん出てきたのだった。私がこのごろ、じっくりかかえこんでいる秘密の蜜の壺というのは吉沢くんのことなのであった。

いやー。

これは話がちがう。

こんな展開になるとは思わなかった、笑いごとじゃない。なんで私がはるみと吉沢くんの橋わたしをしなきゃいけないのだ。

どういったもんだろう、じつは私も吉沢くんが好きだから、この役目はごめんこうむるといったものか。それともお多福《たやん》の置物としては、はるみにそっとゆずって、……そんなアホな。はるみは私のへんな顔に、

「おかしい？　でもハンサムよ、彼。あたし、ハンサム好みなん」

「いや、それは。ハンサムだけどさ。むはーっ」

ためいきをついたとたん、スカートの前ボタンがはじけ飛んだ。

ひどいと思った。

こんなこと、あるだろうか。

吉沢くんは異動で、資材課からかわってきた子であった。伯父さんがこの会社、○○軽金属の元役員だったという。大阪の出身だけれど、東京支店をふり出しに、大阪の資材課、営業、ときたみたい。京都の私大出で、いまは寮住まいだという。私やはるみより一つ歳上である。

歓迎会のとき、隣に坐ったので、趣味はなんですか、といったら、

「洗濯！　ワイシャツの」

といった。衿《えり》の輪染みになった汚れとりの洗剤について、うんちくを傾けてくれた。

休日、天気さえよければ洗濯するという。

「どうせ、せな、あかんことやし」

と淡々といった。

私は感心してしまった。

母と私に家事を一任し、自分は毎晩、二度パックして、お顔ツルツルに専念している兄とはくらべものにならない。食事も自炊だが、凝《こ》ったものができないので、目刺しに卵焼き、わかめの味噌汁、なんて献立を、夜、たべるという。

そうして肉厚の、血のきれいそうな、眉の濃い顔をほころばせ、

「それに、山あるき」

といった。山のぼりではなく、神戸や京都の奥山をただ歩くそうだ。

「いっぺん、いきませんか。疲れたらバスに乗れるような、近まの山ですから」

「あ。行きたい、ぜひ」

と私があわてて短くいったのは、ほかの女の子らに聞かれたくないため。

その時点で私は、洗濯好きの、もこもこした木綿の刺子《さしこ》のように丈夫そうな青年、吉沢くんに心を動かされていたのだった。

仕事ぶりはきちんとして、抑えが利き、すんでからの報告がゆきとどいているみたい。ツメがきっちりしてる、というのは係長がほかの人にいってるのを聞いた。やりっぱなしの人が多いから、こういう若い人は好もしい。

しかし、がちがちの融通《ゆうずう》利かない性格からきっちりしているのではなく、ハンドルの遊びも結構ある感じで、そこも私は気に入っている。

それでも営業にはシングルの男たちが多くて目移りするのか、それとも吉沢くんはまじめでごくフツーの青年に見え、そのよさを見ぬく人がいないのか、あんまり女の子たちの口にのぼることはなかった。

それは私にはとてもうれしいことだった。

ときどき吉沢くんと話をする機会がある。

彼はみっちーなんていわない。

なぜか私には、彼が、私の太目な肉づき、縦縞のセーターが着られない体型など、意に介していないような気がされてくる。

「このまえ、神戸の山をあるいて、森林植物園へいきました」

なんて話をだしぬけにする。

「日曜というのに、人少なでした。ヒマラヤ杉の林では寒いくらいでした。あの森の匂い、フィトンチッド、すごい疲労回復になりますね。たまらんええ匂いでしたデ」

「そうね、殺菌力があるんでしょう？」

「モミの木は百日咳ウイルス、ユーカリはインフルエンザウイルスに効《き》くって、いいますね。石田さん森を歩くの、きらいですか」

「いいえ、そんなことないわ。大好きよ」

私は石田さん、と呼ばれたのがうれしくて弾んで答える。

「そんなら、いつか、行きましょう、夏は六甲山も人が多いけど……」

いつか、というコトバで私はまた、しぼむ。

どうせ社交辞令かと思ったのだった。

しかし吉沢くんはにこにこし、お多福《たやん》の置物っぽい私、ずんぐりむっくりの体型に気づいているのやらいないのやら、

「フィトンチッド……」

と私にうなずいて、目くばせし、

「きっといきましょう」

とにっこりした。

それで私は、彼が多数の女の子といっしょにいきたいのかな、と気を廻したのであった。

でも私ひとりと行きたいのではなくて。

　でもフィトンチッドを吸いに森へいく、という物好きな女の子はいず、百日咳患者もインフルエンザ患者もいないので、約束はそのままだった。

そのあいだに私の秘密の壺の蜜はどんどんふえていった。吉沢くんが好きになる一方だった。

吉沢くんは日ごとに職場に馴《な》れ、男や女たちと親しくなった。それで私も、山あるきやフィトンチッドの誘いは、私だけでなく誰にも彼が言っていることかもしれない、と思ったが、好《この》もしさはかわらないで、やはり好きなのであった。

そういうことを、吉沢くんに知られたくない。

知られたらこまる、とも思う。しかし、とっぽくて気良《きよ》し、と思っていたはるみが、吉沢くんに目をつけていたなんて。――

帰宅して風呂へ入り、母に食事はいらないといって、自分の部屋へはいる。といっても、母とはイケイケの和室の片隅である。そして母はたいてい、板の間のダイニングキッチンにいるので、和室のふすまを閉めておけば誰もやってこない。

私はおそろいの、オレンジ色のブラジャーとTバックをつけて、鏡のまえに立ってみる。

ときどき、ひとりで自分の体を見るのが好き。やっぱり少し、おなかの肉がつきすぎてるかなあ。ひいき目に見てさえ……。

おなかの肉がなまなましすぎる。ここを削ってこそげ落したいのであるが、頰っぺたではないので、奥歯を抜くわけにもいかず、困ったもんであった。

たしかに肉付きはいいほうだが、やっぱり、じっくりみれば、太目の根拠は、そういう体型、骨組みなのだ。親ゆずりの横太りの骨格なのである。

骨の出来ぐあいが、そうなっているのだ。こりゃもう、しかたない、と思い、すこし体操をしてみた。ギャハ。Tバックというのはエッチな風情というより、垂れたおなかの肉にかくれてしまって、わがからだながら物悲しい眺めになった。

それでもけんめいにおなかをひきしめ、ひっこめると、相応に肉はひきさがる。しかし呼吸《いき》を静かに吐き出すにつれ、おなかの肉も申しわけなさそうに、おもむろにもとへもどり、ふくれあがり、おさまるべきところへおさまって、やがて垂れてくる。

ちょうど私が、伏し目になっておなかをみると、おなかの肉に遮《さえぎ》られ、Tバックのショーツも、わが脚もみえなかった。おなかは、主人のゆるしもなく、こんなに出っぱってすみません、とでもいうように、あたまを垂れ、瞑目《めいもく》して詫びているようにみえた。

私にあるのはただただ、

（あきらめ）の心境である。おなかの肉が悪いんじゃない。しょうがない、遺伝子のせいだ、ずんぐりむっくりは。

ただ胸もとからおなか、それから上からは見えないが、短く太い脚は、鏡で見ても、しっとり、つやつやして色白で美しく、脂がのっていて満足だった。チョコレート一枚あれば、遭難しても二カ月は保《も》ちそうな脂身であった。私の顔は横長である。面長《おもなが》、というのはあるが、私のは面横《おもよこ》である。そうして、中高《なかだか》な顔、というのはよく聞くが、私は鼻が低いから、中低《なかひく》、というべきであろう。

その盆地のまん中に、春風にさそわれて梅の花がひらいた、というようなごく小さな低い鼻、細い垂れ眼。私はにんまりしてみる。いよいよお多福顔だ。悪くはない、と日頃思っているのだが、いまは自信がない。この顔、この太目のからだをひっ提げて、なおかつ知性的に、情感ゆたかに人生を生きてゆく、というのはまことに至難のわざである。

醜男《ぶおとこ》はまだ生きやすいが、ブス女というのは、生きにくいなあ、としみじみ思う。

私だって、このごろハヤリの金銀稲妻パンプス、というやつ、または爪先に豹《ジャガー》の顔のくっついた（たいていその眼玉は寄り目になっている）やつなんか、はきたい。ストライプのシャツに、黒のレザースカート、ミニなんか穿《は》いてみたい。しかしそういうものと全く縁なき人生を選択せざるを得ない不幸、というのもあるのだ。そんなものを穿いたら、太短い足がよけい太短くみえる。

もし、私がはるみたいに美人だったら、即《そく》、そんなスタイルで吉沢くんに会いにゆき、特定の彼女がいるかどうか、もしいなければ私ではどうだろうか、と、ことわられてもモトモト、という気でぶつかったかもしれない。

秘密の壺をぶちまけ、必要とあれば媚態《びたい》を示すのもやぶさかではない。——であろう、と思われる。

しかし現実は、はるみに勇気がなく、私に頼みこみ、私自身は、といえば恋愛レス人生をえらばないとしょうのない身なのだ。

静かなあきらめに包まれて眠ったせいか、夢をみた。私は無人島で、ブラジャーとショーツで暮している。

私はハレバレした気分である。

わかった、無人島だから、人がいないのであたりに気をつかうことなく、みっちーというアダナに太い腰廻りを連想させられて、ひけ目を感ずることなく、私はこの世をたのしんでいるのだ。

人目を気にしないっていうのは、こんなにノビノビすることなのか。

そのうち、虚空《こくう》を切って縄一本にすがったターザンが、

〈あ、ああ、あー〉

と叫びながら掠《かす》めていった。

ターザンは吉沢くんのようでもあり、ジェームス・ディーンのようでもあった。頭上を軽快に滑っていった一本縄は、向うの谷へ着くと、またこちらめがけて飛んできた。

（あんなこともできるんだなあ）

なんて私は、何か、そそのかされるような思いでみつめていた。往復のたびに谷は遠くなり、すがっている人の顔はみえないが、一本縄のゆれはいよいよ、たのしそうに奔《ほん》放《ぽう》にみえた。


「あ、それは石田さんの、無意識の願望やなあ」

吉沢くんは私の話を聞いて、すぐいう。

「縄一本に身を托して、野越え、谷越え、ポーンと天空を滑走する。あれ、ぼくも子供のころテレビでちらっと見て、あこがれてなあ。古いターザン映画をテレビでしとったことがあった。森や山にこだまするターザンの叫び。チンパンジーは手を叩き、百獣はひれ伏す。……石田さんの見たんは、それこそ、自由と解放をそそのかす、魂の叫びやデ」

「そんな上等なもんやないと思うけど」

私は歯切れわるくいった。

森のフィトンチッドには及ばないけれど、都会の夜の森のフィトンチッドも、時には吸うたほうがよろしよ、と吉沢くんはいい、私をはじめて誘ってくれた。

私は嬉しくてたまらなかった。

この際、はるみのあの話を持ち出すべきだ、というのを口実に、吉沢くんに応じたのであるが、二人で地中海料理なんて食べているうちに、そんなことはどうでもよくなってしまった。

そうして、吉沢くんがつぎに連れていってくれたのは、ミナミの千年町の路地の屋台であった。

「ここ、遅うまでやってるよって、電車に乗るまえにちょっと飲めるねん。友達と、よう来ます」

吉沢くんは屋台に首をつっこみ、おでんのあれこれを注文し、熱いコップ酒とともに屋台のうしろの床几《しょうぎ》に私を坐らせた。夜風が涼しいので、熱燗《あつかん》の酒もほどよくおいしいのだった。

私はそのとき、無人島へいってターザンにあった夢の話をした。

ターザンが吉沢くんになったり、ジェームス・ディーンになったり、したということはいわない。

またもちろん、寝るまえに、ほとんどハダカになってじっくり鏡で点検し、太目の体とお多福顔に絶望して、知性的に情感ゆたかに人生を生きてゆく、というのは、まことに至難のわざだと悟《さと》ったことは、これは、いえない。

屋台はかなりのトシのお爺さんと、その息子らしい壮年の男がやっているが、お味は京ふうのうす味でよかった。

「このフィトンチッドは、とても体の疲労回復に効くみたい」

と私は笑った。

「ついでに魂の解放もしたらええ」

吉沢くんはぐっとコップ酒を飲む。強いんだといっていた。酔うとなまめかしく眼の隅に朱がさしたが、はじめに、〈洗濯少年〉の印象が強いせいか、崩れた感じはなくて、いよいよ陽気だった。

えーっと。

小高はるみがねー。

あなたのことを……。

と、そろそろ、いったものであろうか。

「あの、石田さんね」

吉沢くんはおでんの皿を床几に置いたまま手をつけず、コップを両手にかこんでは飲み、膝におく。

「ぼく、はじめて石田さんを見たときね」

えっ。

「一点、ええトコある、思った、表情に。どこがって、よくわからへん、説明でけへんけど」

（…………）

死んだ父と同じことをいってくれるではないか。

（座ぶとん一枚！）

といいたいところ、私はくすっと笑ってしまった。

吉沢くんは私が本気にしないであしらったのかと思ったらしく、

「いや、ほんま」

もう、はるみのことなんか、口に出してるひまはない。自分たちのことで手一杯だ。

「まあ、いうたら、石田さんはぼくの好きな顔に生まれてきた、いうトコやろうなあ。ベティさんに似てる」

「ベティさんて、あの、マンガの」

「そ。可愛いやんか、すぐ、そう思《おも》た」

「お多福《たやん》ていわれてるんだけど」

「どこの人、それ」

「どこのって、あちこちに絵があるでしょ、看板とか、手拭いとか、飴《あめ》とか」

吉沢くんの日常生活にはお多福が近しくないとみえ、ちょっとあたまをかしげただけで

「ベティだあ。石田ベティ。ああ、好きやなあ、もう。こんなんいうて、わるい？」

はるみのことなんか、私のあたまから消しとんでしまった。

「石田さん、みっちー、いうて呼ばれてるやろ。ああいう呼ばれかたする人に、わるい人、ないねん。いやな奴には愛称で呼べへんし、ね。そこもええ」

「あたし、ブス、いわれてる」

「誰に」

「兄に」

「それは可愛くて、やろ。ぼくからみたらすてきや、思う」

「ほんと？」

「ほんと」

「デブ、といわれてる、あたし」

「ふっくらして、ええやんか。あるがままでええ」

「吉沢くん、もしかして宗教団体のまわし者？　あんまり口が巧《うま》いんやもの」

「いやいや、ただね、なんかちょっと、まわりに気ィつこてるところある。さっきのターザンの話ね」

「はい」

「なんか、したいこと、あるんやないか、それを、わざとおさえつけてるからそんな夢みるんやないか、いう気ィしてきた」

私はいまこそ、はるみのことで吉沢くんにただすべきであった。

しかしこんなとき、他人《ひと》のことをもち出せる女なんて、いるとは思えない。

「ギンギンのパンプス、はきたいよう。レザーミニのスカート、はきたいよう。それがターザンの縄やと思うわ」

「やってみれば？」

吉沢くんはこともなげにいう。

「だって、だって、このウエストよ、このぶっとい脚よ、ミニがはけると思う？」

「はいてみな、わからへんやないか」

「………」

「絶対、そのほうが似合うタイプや思う。つまり、やりたいようにやったほうが似合う人や、思う、きみは」

そんなやさしいことをいわれたことがなかったので、私はすこし声が裏返った。

「やってみたい。……やってみる」

「服のことだけちゃう、何でもやっ」

吉沢くんは元気よくいう。

やや酔いがまわったらしく、動作も大きく荒っぽくなっていた。

立っていって、コップ酒をもう一杯持ってくる。私にも持ってきてくれる。気分がいいので、私もスコスコと熱燗をすすっていたのであった。

「うん。よろしい。石田さん、よう飲むね、ぼくの思《おも》たとおりや、飲みっぷりええ」

「え？」

「ぼく、飲み友達の女の子、欲しィて、ねえ」

「…………」

「もちろん、好きな男の飲み友達いうの、しっかり、いるよ。けど、そのほかに女の飲み友達が、かねて欲しかったんや。惚《ほ》れた、腫《は》れた、なしで飲める女《やつ》。——というて、きらいな女の子では、酒がまずうなる。ぼくの好きなタイプの顔、してて、ちゃんと女で、アッサリして、惚れた腫れたなしで飲める子ォ……」

もう、そこはわかった、さっきの座ぶとん一枚、返せえっといいたかった。

何だ、何だ、こいつめ、飲み友達を作ろうと思ってただけじゃないか。

私のほうは、秘密の蜜の壺に、吉沢くんへの思いをこっそり貯め、ひそかに味わってはたのしんでいたというのに。……

「酒飲むときは、女、要らんナー。あ、石田ベティちゃんだけはべつ」

などと吉沢くんはまだいっている。

「ベティちゃんとはゆっくり飲みたい。そんで、あくる日、〈ゆうべはどうも。旨《うま》い酒やったな〉と言い合いたい。きみやったら、それ、できる人や、思うねん」

ふんっ。ほな、あたしは女ちゃうと見られてるのかっ。

「女のひととはな」

吉沢くんはいい気分でしゃべっている。

「なんかこう、べたべたして、さっぱりと酒だけ飲む、いう仲になられへんやろ。——

たとえば、ウチの、あれ、誰やった、美人おるやろ、小高、ナントカさん」

「小高はるみ」

といわなければしょうがない。

「あのひと、美人やけど、じとーっ、ねとーっ、としてはるわけや。愛想ええひとですけどね、ぼくにも親切。けどもひとつ好かん」

いよいよ、はるみのことはしゃべれなくなってしまった。

「ほんま、もう、あっさり飲める女がエエ……女にそんなひと、おるか。ベティだけや、ぼくが目ェつけたん、まちごてなかった……」


私はしかし、その後も吉沢くんと仲よくつきあっている。

飲み友達として、ではあるけれど、いつか吉沢くんを、翻意《ほんい》させる自信はある。

というのは、あれから私は大変身をとげたのであった。

おとなしい服、体型をカバーするスーツなどをやめ、無難な長いボブのヘアスタイルをやめて、私は思いきってショートに、ミニのスカートに、同色のパンプスをはいて通勤する。

みっちーというアダナは影をひそめ、吉沢くんがつけたベティというアダナが私に与えられた。むろんお多福《たやん》などという者もない。

私は美しくなったということになっている。

兄でさえ、私に、もうバリザンボウはいえない。

私が美しく変貌して、のっしのっしとあるくようになり、

「デブとかブスとか、いわせないわよ」

とじろっというと小さくなっている。

私はべつにスリムになったわけでも、減量に成功したわけでもない。ぽっちゃりした体つき、太短い脚をそのまま曝《さら》して、平気になっちゃったのだ。そうなると正直なもので、緊張感から、ふくらはぎが3センチは細くなったようであった。

兄が私に文句をいえないのは、美人の小高はるみを紹介してもらったからである。はるみはジェームス・ディーン似だという兄に関心がある。ただいまのところ、二人は熱心にデートしているらしい。

吉沢くんと私はどうなるのか、神様だけがご存じであるが、……しかし社内では、あの二人、いずれは、と思っている人が多いようだ。私はやりたいようにやったほうが、似合う女だ、という自覚を得たのだから、思うようにするつもりでいる。

このあいだ手鏡をのぞいたら、晴れやかな私の顔に、目鼻がぱらぱら、まさに卵に目鼻、という満足すべき顔立であった。

ずぼら

待ちくたびれた頃、やっと彼の姿が見えた。

（飲んでるなっ）

すぐ、わかった。

（ちっくしょう）

「よ」と片手をあげて近づいた塩田は、目つきが少し宙に漂い、表情が和んで陽気な雰囲気を放っている。アル中気味で、酔ってるときの彼は饒舌《じょうぜつ》で快活だから、私はきらいじゃなかった。しかしいまは違う。まだ午後一時、それも旅行前だ。そばまで彼はやってきて、

「間に合《お》うたやろ」

塩田はまずい顔立じゃなく、眉が濃くて愛嬌のある、というよりやや頓狂《とんきよう》な、人なつこい丸い眼、表情ゆたかな口もと、髪も黒々して四十にみえないから、それも私はいやじゃなかった。それに彼の様子にはいつも、一抹《いちまつ》の、不安な感じが、ためいきのように彼をとりまいている、そこも好き。というのは、私が逢うときはたいてい、彼は、ほろ酔いか、中酔、ドカ酔い、（乱酔というべきときもある）つまりいつ見ても酒気帯びと

いう風情なので、（塩田にいわせると、「酔わんと、女なんかに会えるかい」というのである。四十のおっさんの論理は、二十九の私には手に負えないところがある）酔っている男は、なまめかしいというより、塩田の場合、荒廃がしずかにしのび寄っている、という感じで、私を不安がらせる。それはしかし、わるくない。おーおーこのヒト、あたしがついていないと、底なしに荒廃するんじゃないかなあ、……と、ド演歌のノリに、女をさせてしまう、妙なものがあるのであった。

しかしいまはそれどころじゃない。

何しろ、たのしみにたのしみにしていた旅なのだ。それに大事な話のある旅なんだ、と思ったら、むらむらと腹が立つ。

「三十分も遅れてきて何さっ」

「しかしキシャの時間は……」

「その前にお弁当買うとか、ちょっとお茶飲むとか、したかったのに。もう時間ぎりぎりやないの、アホッ」

「弁当なんか車内へ売りにくるやないか」

「あんたなんかとつき合《お》うてたら、アホが伝染《うつ》るわっ、そんなんやないのにっ」

新大阪駅の構内で、男とバッグを持ってうろうろしてるなんて、誰に見られるかわからないし野暮の骨頂だけど、でも私はやりたかった、一ぺんは。水了軒《すいりょうけん》のお弁当を二人で品定めしたり、もしくはホームのお惣菜屋で、御飯やおすし、とんかつ、（みな小さい容器に一つずつ入っている奴《の》）大阪ふうな味付けなので、みなよくできてる、せんぎりのたいたの、おから、（ないときもある）サラダにお漬物、梅干、牛肉のタタキ、そんなものをワンパックずつ買いこんだりし、そうそう、あれもこれもとあと戻りする、そんなことをやってみたかったのだ。それからまだちょっと時間があるわ、と待合室で熱い缶コーヒーなんかすすりながら、旅の行先の話なんか、したいと思っていた。そういうのを期待して、待ち合わせ時間を指定したはずなのに……。

くそう。女ごころをわかってくれない。

私は旅を貪婪《どんらん》にたのしみたくて、欲深くなってるのだった。ホームへあがるエスカレーターに乗ってもまだ文句をいった。

「お酒飲む時間あるんなら、早く来ればいいのにィっ。ずぼらっ」

なぜかこの男としゃべっていると、捉えどころのなさが腹立たしくて、言葉のおわりに「っ」がつく感じになってしまう。塩田はホームへあがりきったところで、ニヤリとして私にいう。

「じゃかしワイ。酒も飲まんと女と旅行になんか、行けるかれ、あほ」

「じゃかしワイ、というフシギな言葉は、「やかましいわい」という大阪弁の、崩れ訛《なま》ったものである。私は彼の使う言葉から彼の職場の雰囲気を想像する。（彼は機械設計の会社を友人と共同で経営している。五、六人、若い男を使っているが、自分も仕事で工場から工場へ飛び歩いている）下品というのでなく、のびのびと自由な世界みたいだ。

ウチの会社とは違う。

列車はもう入っている。私ははりこんでグリーンにしていた。席へ着いても、私はまだいっていた。けじめ、ってもんが人間にはなくちゃいけないいってこと。けじめ、っつうか、キマリ、つうか、昼にはパジャマ着ないとか、お天道《てんと》さんが高いうちはお酒、飲まないとか。

「なんで、のべつ幕なしに飲むのっ」

「飲んでないときもあるぜ」

塩田は二つのバッグを棚の上にのせていう。塩田のはやけに軽い。

「仕事のときは飲んでまへん」

「じゃ、あたしと旅行にいくときぐらい、飲まないできてよっ。ほんとのアル中になっても知らんからっ」

「たまみの前やから飲むんやないか、——ま、もう、そのへんで、ええんちゃう?」

塩田は通路側のシートに掛けるなり倒して、気楽そうに寝そべる。

——この塩田の、「そのへんで、ええんちゃう?」にも、私はいつも毒気を抜かれてしまう。私が文句をいうと、これをいう。そのへんで良《え》えのと違うか、ということだ。「ええんちゃうけ?」と河内《かわち》弁の「け」をくっつけることもある。さっきの「行けるかれ」の「かれ」も河内弁だ。大阪人は河内弁の野鄙《やひ》を嗤《わら》うくせに、そのいきいきしたエネルギーが好きで、自分も使って喜んでいる。塩田の会社も仕事にゆく先でも、そんな言葉が飛び交《か》っているのだろう。ウチの会社とえらい違いだ。

　ウチではこの頃、新入社員にお客さまにはなるべく大阪弁を使わないように、なんて指示している。大阪弁は相手になれなれしいと思わせ、不快感を与えるから以後気をつけて標準語でしゃべるように、と課長は大阪弁のアクセントで訓辞していた。

　でも私は塩田の大阪弁は不快ではない。私だって大阪っ子やしね。

　しかしナゼカ、塩田の大阪弁に、私はいつもはぐらかされる気がしてならない。

「たまみちゃん」

「なによ」

　彼が「ちゃん」と猫なで声でいうときはきまってる、

「缶ビールでも買《こ》うてきてえな」

「また飲むのぉ～～。ンもう」

「今晩は酒気帯び運転、いうことやな」

「やだー、エッチ。くくく」

　いつだったか、塩田は女と寝るのに酒も飲まずに寝る奴の気がしれんわといい、ああいうもんは「酒気帯び運転」にかぎるというのであった。それ以来、私たちの間で、仲ヨクすることを「酒気帯び運転」というのである。塩田は私をたしなめた。

「しっ、静かにせんかい、お向いの邪魔や」

　通路を隔てた向いの窓際に三十五、六の女が携帯電話でしゃべっている。小太りの元気そうな女、声も力のみなぎるアルト。

「あ。あ。どうも。いま出発するところでえす。……わかりました、会場へ直行します。……いい当りです、かなりいけるんじゃないでしょうか、自信ありますっ。え？　あ、はい、あれ、販売日報の中に綴じこんでおきました。……はい、期待して下さい、ぐわっはっはっ。それじゃ、いってきまあす！」

列車は音もなく新大阪駅をはなれ、車内はぱらりと一ぱい、女の声はよく透る。女はまた電話をかけ、さっきとは全く違うドスの利いた声音で、

「あ。私。……会場ＯＫ？……よしわかった」

男のように短い電話を一本かけ捨て、それをハンドバッグに入れ、トイレのある出口へ起《た》ってゆく。歩き方まできびきびして、ちょっと肉のつきすぎたようなふくらはぎだったが、その肉もぷるんぷるんして、ワーキングウーマンの誇りをみせびらかしていた。

塩田はつぶやく。

「ああ女はエライな。この世はエライ女でみちみちとるな、笑い声までエライ」

「男は？」

「男はあかん。こそこそ悪いことして獄門さらし首、市中引きまわしや。女のほうは世直し大明神、男はいまや、酒気帯び運転しかすること、ないわい」

「はっはっは」

と私が笑う番だった。やっと私も、旅へ出たんだ、彼と、という気になって嬉しくて

機嫌がなおった。いっぺん塩田と旅をしたかったんだ、だっていつもいつもあわただしいデートばかりだったから、せめて一晩、ゆっくり居たい、という気があった。

(こんなアル中男になんで惚《ほ》れたんだろう、ということはおいといて)

何しろ塩田の仕事ときたら、休みもヒマもない。機械が故障したら、夜中でも休日でも電話一本で工場へ飛んでゆかねばならない。機械の整備点検ということになれば、工場が操業を停《と》めている休日や夜間に出かけていく。もう一人の経営者は妻子持ちなので休日は休む。

独り者の塩田はウィークデイにやっと休む。休みの日は尼崎《あまがさき》の文化アパートの一階で、パジャマ姿のまま、昼から缶ビールなど飲んで、ごろごろしているそうである。

私は週日は会社がある。それに両親の家に同居しているから外泊もできない。大阪の女の子に多いように、両親が、部屋があるのに勿体《もったい》ないやないの、と私を一人ぐらしさせてくれないのだ。豊中《とよなか》のマンションだけど、兄も妹も結婚して家を出てしまった。私は食費を払い、結婚費用は自分で用立てなさいと言い渡されている。

両親は二人とも定年になり(母も長いこと教師をしていた)旅行好きで、まだ元気だし、自分たちの楽しみにかまけて、私にはあまり干渉しない。兄も妹も世間なみよりおそい結婚だったから、私のこともあまり心配していないみたい。

だから風通しはよくて、住みやすいんだけど、それでも両親に嘘をついて、友人と旅行にいく、といって出るのは、結構、辛いトコもあるわけだった。

それに木曜の午後から金曜一ぱい休むというのは（会社の若い子は平気でやるけど）私としては大変だった。それなりに手配もあるし気も使う。しかし私としては、塩田との旅行というので舞い上っているから、少々のことではへこたれない。

一晩じゅう、ゆっくりできる、ということになれば、はじめて塩田と差し向いできっちり、話をつけられると思った。塩田も私も独り者だから、結婚にはなんの支障もないはずだけれど、塩田はそれをいい出さない。

彼がいわないから、私もいわない。

でもできたら、二十代のうちに結婚したい、という気もなくはない。

あと半年で三十歳だ。

男は知らないが、三十まで秒読み、という女の年齢の微妙な感慨はかくべつのもんだ。

塩田はウチの会社のグループの一つであるところへ、ちょいちょい、来ていた。顔は知っているが、名前は知らなかった。

あるときミナミのバーで、隣に坐ったのが塩田だった。得意先を車で帰してから、もういちど私の横へ来て、名刺をくれた。

ときどき、飲むところ、食べるところへ連れていってくれたが、トシはいってるのに、家庭臭は全くなかった。

「女は男を叱咤《しった》激励すんの、好きやね。あれが女の本質やな。叱咤激励、いうの。いつも校長みたいな気ィでおんねんな。あれ、いややさかい、結婚しまへんねん」

なんていう。さばさばして気持よくて面白かったから仲ヨクなってしまった。そのときは私も、もちろん、叱咤激励なんてしないし、結婚なんて考えなかった。

でも、三十が目前にきて考えがかわってしまった。

女の三十が、たいへんな区切だってこと、塩田には
（わかっとんのやろか）

と私は、会社で禁止されてる大阪弁で塩田をののしる。ののしるのも嬉しかった。今夜はゆっくりそんなこともしゃべることができると思った。私はクリーム色のコーデュロイのジャケットに、ブルーのストライプシャツ、紺のジーンズ、（これだって、ああでもないこうでもないと、わくわくしてきめた旅行着）神戸三宮《さんのみや》の眼鏡屋で買った黒縁の眼鏡、（素通しガラス、おしゃれメガネである）京都の今出川《いまでがわ》通りの店でみつけた、アンティークっぽいシルバーの飾りのついたブレスレット、こんな格好で旅するのも好き、夜はブルーのシルクのパジャマも持ってきた。それも嬉しい。

私はすっかり機嫌がなおり、席を起《た》って弁当を買いにいった。塩田には「中華人民共和国推奨的健康飲料水、福建省茶葉分公司自信此品」という烏龍《ウーロン》茶を買ってやろうかと思ったが、やっぱりサントリーのロングの缶ビールなど買ってしまう、大甘ちゃんの私であった。

塩田はビールを見て喜んだ。そうして、

「お。たまみ、そんな眼鏡、かけとったんか、女っぷりがあがってるぜ」

とおべんちゃらまでいった。弁当は月並だったけど、それでもおいしかった。塩田は弁当にとりかかるまえに、ロングの缶ビールをぐびぐび飲み、

「どこいくねん、いったい、これから」

「何べんいわすのん、尾道《おのみち》よ」

ひかりは西へ、という鼻息で、新幹線はひたすら走っているが、塩田は尾道に何の思い入れもない風で、

「何するトコやねん。テーマパークあるとか」

「違うわよ。林芙美子が小さいとき住んでた町よ」

「あんたの身内か」

「小説家やないの。『放浪記』いうのん、知らん?」

塩田は考えている。

「『花のいのちは短くて　苦しきことのみ多かりき』っていうんだ、林芙美子のフレーズ」

「好かんオバンやの。苦しいことを苦しい、いうてはあかん。苦しいことはおもろいといい、おもろいことはつまらんと表現する、これがほんまのオトナじゃっ!」

ちょっと酔っぱらうとたのしい塩田は、そんなことをいい、二人であはあはと笑って私はもう、

(そやナー、酔っててもいいか、シラフで結婚ばなしもできないし、な。そのほうが話

もしやすいかもな）

と思った。

私は何がなんでも塩田と結婚したい、と思ってるのではなかった。しかし、ホカの女に渡したくないっという気がある。これは現代では「愛」ということかしら。それともただの独占欲かしら。塩田はむかし、女と棲《す》んでいたことがあるといった。半年ばかりして塩田のほうが出てしまった。ああせい、こうせい、昼から酒飲むな、一日中パジャマ着るな、ローン組んでマンションへ入ろう、などと女に叱咤激励されるのが「かなわんかった」と。「ま、そのへんでええんちゃう？」というと女がたけり狂ったので、塩田は逃げ出したんだという。

すこうし酔いのまわっているときの塩田は、私は好きだった。おしゃべりでやさしくて、つきあいやすく、一瞬一瞬をたのしんでいることがわかる。

「ふふ。その女も、ホラ、塩田さんの『青春ノート』なんかに一々データ書かれてんのじゃない？」

「そんなことするかい、おれ、ずぼらやから。それに書きとめとかな、忘れるような女は忘れたらエエねん。おぼえてる女は、書かんでもおぼえてる。もっと上等なんは、すんだことはみな忘れて、あとへ残るもんも書かへんことやぜ」

「だけど『花のいのちは短くて』なんてのは、あとへ残ってるほうがいい……」

「どんな名文句もみな、時世おくれになるわい。上等な人は、何も残せへん。それで

『酒気帯び運転』だけ、する。だまってな」

「あほ」

「キスしたい」

「やめて」

「眼鏡の女とキスしたことないから、どんな按配《あんばい》なんかなあ、と、かねがね思《おも》てた」

「最高のあほや、あんたは」

私は声をひそめ、笑いをこらえているので苦しかった。ふと見ると、向いの席の女はウォークマンを聞きながら駅弁の箸を動かしていた。すんで烏龍茶を飲み、煙草を一本喫い、隣は空席のままなので、ハイヒールを脱いで席を倒して眼をつぶった。心憎いばかり旅なれているさまだった。何だかシングルのような気がする。

あれはあれで、人生を楽しんではるのや、と私は思った。

しかし私はいまの幸福を取りかえっこする気なんか、絶対ない。いままで男もいないじゃなかったけど、塩田とはいちばん気が合う。横にいられると、しみじみ、体も心も、ほとびてくる気がする。そう、好きだし、適《あ》うんだと思った。やっぱり今夜の話は重要であった。ぜひ将来の設計図を。

私はガイドブックを取り出し、塩田に尾道の説明をする。私も初めてなんだけど、大阪から二時間たらずで手頃の旅だし、ここを舞台にした大林宣彦の映画は観てないけど、海を見おろす千光寺公園のいい景色、浄土寺の赤い山門に青い海の写真を見たことがあり、ぜひいってみたいと思っていた。古寺の多いまちで、寺めぐりだけでも一日かかるとある。

ことに志賀直哉の『暗夜行路』の舞台にもなり、「文学のこみち」もある。

「文学のゆかしい香りにふれ、坂道をそぞろ歩いてください。暮れなずむ港をみおろすノスタルジア、古い家《や》なみのなつかしさ……」

私が読みあげると塩田の顔におびえが走り、

「なに。古寺や文学のまちか。おれ、その手のもん、弱いねん」

「テレビにもなったらしい、林芙美子をドラマ化して『うず潮』っていうのが」

「おぼえてる気ィもする、小さい時や」

しかし私と塩田は世代が違うから、私はそのころは赤ん坊だ。私が子供のころはコント55号かな、それに大阪の深夜放送で、仁鶴が「どんなんかなあ～～⁉」をやって、コメワンの「アホの坂田～～っ」がチビたちに人気だった。

「おれは断然、宮川左近ショーやったな」

塩田は古寺や文学と聞いて怯《ひる》んだが、古いテレビやラジオの話ですこし気を取り直したらしかった。

私は更にガイドブックを読みあげ、

「尾道はお魚がおいしい、たこ天なんかでビールを飲みつつ、オコゼの唐揚《からあげ》、イカのおつくりを待つのは何ともいえない、酒もまた旨《うま》いところ」

「おっ。そらええ」

塩田の顔がぱっと輝いた。

「そうか、瀬戸内海やからな。旨い魚と酒あるやろ、それ、早《は》よいわんかい。林芙美子や志賀直哉より、イカのつくりのほうがなんぼか文化的じゃ！」

しゃべっているうちに、もう新尾道に着いてしまった。私たちが下りるとき、ぐわっはっは女史は、かなりの鼾《いびき》をかいて眠りこんでおり、はじめからしまいまでこの女史は立派だと思った。しかし私はうらやましくはなかった。

市バスでJR山陽本線の尾道駅へ着く。

駅前は白々と明るく、通りは広く、人影が少なかった。塩田は煙草を咥《くわ》えてまわりを見まわす。そのさまは町のたたずまいに対し、なんの夢も期待も先入観もなく、ただ地方都市の駅へ下りたって、手持無沙汰に憮然《ぶぜん》としている、というさま。私が地図を広げていると、

「なあその。物は相談やけどな」

塩田はすこし怯んだ目つきになり、

「文学のナントカと、古寺めぐりはどうでも今日、廻らな、あかんもんかね。おれは早《はよ》う畳に寝ころんで、ビールでも飲むとか、風呂へ入って地酒たのむとか、やったほうがエエけどな」

――私はかっとする。

「まだ四時にもなってないやないのっ、せっかく旅に来たのに、部屋にとじこもりの、へべれけのおつきあいなんてまっぴらよ、あヽたと来たらアル中道中になっちゃうわっ」

「わかったよ、そのへんでええんちゃうけ……」

とにかくホテルに荷をおこうとぶらぶらあるくと、商店街の入口に、通りにお尻をむけて銅像の女がうずくまっていた。林芙美子の銅像だ。昭和初年の『放浪記』のイメージに合せたものだろう。右手を膝にのせ、左手の人さし指をかるく頰にあてて、好きなふるさとの尾道の海を見ているという風情、耳かくしの髪に着物、そばにバスケットの旅行鞄と蝙蝠《こうもり》傘が置いてあるのが、芸がこまかくていい。東京から戻ってきたという風情だろうか、

「この顔、高峰秀子に似てるねえ」

と私がのぞきこんだら、

「老《ひ》ねたちびマル子みたいや」

塩田は唸った。私はというと、やさしい面《おも》ざしの林芙美子の銅像で、かなりこのまちの感じがよくなっていた。新しい町へ入ってゆくときほど、気分の弾むものはない。

私たちは駅の西のホテルに入って、荷物をあずけた。ホテルといっても宿屋ふうに一泊二食付となっている。

曇ってもいたし、千光寺のロープウェイはあしたにして、浄土寺から、林芙美子の文学碑を見よう、と私は提案した。

「そんなん、べつに片端から見て廻らんでもエエやないか」

塩田はそろそろ酒の気が切れたのか、機嫌がわるくなりはじめている。

「だけど、文学碑は彼女が出たむかしの女学校にあるんだよ、見たいもん」

「女学校」

塩田は顔色を動かす。

「女子高か」

「いまは東高校というらしい。共学でしょ」

「男は要らん」

要らん、といったって校庭には男女の生徒たちが群れ、スポーツをやっていた。林芙美子の詩碑は横長の大きいもので、肉厚の、どこか図太い筆蹟で、彼女の詩が彫られてあった。

「巷《ちまた》に来れば
　憩《いこ》ひあり
　人間みな吾を
　慰めて
　煩悩滅除を
　歌ふなり
　林芙美子」

「ふん」

と塩田はいった。あたりはしんかんとして、校庭の生徒たちの喚声が聞えるばかり、さびれた地方都市というおもむきだった。

「何をいうとんや、ボケ。巷に出たら苦労ばっかりじゃ。引っ籠ってひとり酔うとるほうが慰めになるわい」

どうしても彼の発想はそこへいくらしかった。私はバスケットに興じている女子生徒を見ながらいう。

「スポーツがいいのです。健全なる精神は健全なる肉体に宿る。塩田さんも少しスポーツでもしなさいっ。飲んでばかりいないでっ」

「じゃかしワイ。スポーツさせられるほど悪いこと、してへん。健全な精神が健全な肉体に宿るか、病気にでも罹《かか》ってみい、人はみな、マトモになるわい、マトモに人生を反省しとるわ」

だんだん、ご機嫌がわるくなっていく。二つ三つのお寺を廻って浄土寺へ、というのが私の心づもりだったが、

「だいたい、こんな小《ち》っこい町に、十も二十もお寺つくることあれへん」

へんなことを塩田はゴテはじめる。

「そもそも人間が多いからや。諸悪の根源は人間が多いことや」

どう関係があるのかわからない。アルコールが抜けると、塩田はかぎりなくニヒルに

なるようであった。むっつり黙ったあげく、

「この町は海に向いて傾斜しとるな。なんでこんなに坂に町つくらんならんねん。膳の上のもん滑り落ちてまうやないか。人間が多すぎるのがいかんねん」

信号に出あうと塩田は赤・青の信号なんか見るのもキライや、といい出した。

「あんなもんに命令されとうない。人間が多すぎるよって、あんなバカなもんを発明する」

早くお酒が飲みたくて、見さかいもなくなってるとしか、思われない。私の方が「もうええんちゃう?」といいたいところだった。

〈文学のゆかしい香りにふれ、坂道をそぞろ歩く〉どころではなく、〈暮れなずむ港をみおろすノスタルジア〉どころでもなく、私はいそいで走ってきたタクシーをつかまえ、ホテルに戻ってもらうことにした。

ホテルに戻るとなると、とたんに塩田はにこにこし、

「いやあ、もう、足が弱ってねえ。坂道はかなわんな、こんな坂の多いとこと知ったら来《こ》なんだな。おれ坂道はオバンより嫌いやな」

私もワガママかもしれないが、塩田も相当のもんであった。人には添うてみよ、馬には乗ってみよ、というけれど、半日一緒にいるといろんなものがみえてくる。ふだんの二、三時間のデートでは、とうていみえないものが、だんだんみえてくる。

もしかすると、今夜切り出すつもりだった「大事な話」はおあずけにした方がいいか

もしれない。

しかし部屋からの眺めはよかった。細長い尾道水道をへだてて、緑の濃い向島《むかいしま》がみえ、曇り空のもと、灯がきらめき出すと、この静かな海辺のまちは、目がさめたように美しくみえた。部屋は四階である。

食事は一階の食堂へ食べにいく。塩田は宿の浴衣に丹前を着て、靴下をはく。私はセーターとジーパンにした。テーブルにはやたら、ごたごた、並んでいた。たしかにイカのおつくりも、小魚の天プラも、おこぜらしきものの唐揚もあった。量は多くないが、魚は新鮮で味はよかった。

「いやあ、ええトコや、ここは」

塩田は打ってかわって機嫌よくなり、おしゃべりになっている。

「たまみちゃん」

「なによ」

「イカのおつくり、あげるわ、食べてもエエで」

「どうして食べないの」

「おれ、あんたの、おいしそうに食べてるのん見るのが好きなんよ。男て、こういうまごころがあるのよ」

またもや、抑え様もなく陽気になっている。

そんなことをいうけど、塩田は酒が入ると食べものにあまり手をつけないクセがある。

目つきが宙に漂い、いい顔になっている。

「さっきのメガネ、どうした。酒気帯び運転のときは、あれ、かけてな」

「知らん」

私は食事をすませてしまい、彼にいう、

「ほらほら、ちゃんと食べて。人間はキマリ、けじめってもんが大事よ。さっと飲んですましなさいよ」

「じゃかしワイ、酒はさっと飲んだら怒りよる、じっくり、つき合《お》うたらな、いかん」

それでもやっと終った。ほかの泊り客は外へ出たり、ゲームセンターへ遊びにいったりしている。

私たちは部屋へ戻った。塩田は鞄の中から携えてきたウイスキーの瓶をとり出す。彼は鞄の中に、パンツ一枚と歯ブラシと煙草三箱、ウイスキーしか入れていなかったのである。

「しっかし、よく飲むねえ」

私はつくづく、いわないではいられない。

「肝臓いわすよ、そんなに飲んでると」

私だって嫌いじゃないけど、食べるものも食べず、ひたすら飲む、というほうではなかった。

「オコゼの唐揚たべた？　イカのおつくりは？　楽しみにしてたくせに」

「目の前にあると、もう食べた気ィになってしまうねん、それだけで満腹やな」

「それにさ、スピードが早いよ、塩田さん、もっとゆっくり」

「酒はナメるもん、ちゃう。くっと飲まんとおもろない。おれは酔うてへん。男いうもんは、飲んだらヨタヨタあるき、飲んでないときはしっかりあるく。そういうトコがあるねん」

「当りまえのことじゃないか」

私まで酔っぱらったようになってしまった。

呆れてしまう。

「ねえ、もうちょっと節度ある、ずぼらでない飲み方、でけへんのお」

「いま、そういう飲み方、してるやないか、目の前にあると、もう食べた気ィになってしまう。たまみちゃんも、もう寝た気ィになってしまう、これが節度というものです。いやあ、おもろい、たのしい夜やなあ」

私はあまり、たのしくなかった。

塩田は私たちが知り合ったはじめのきっかけのころをいうのが好きだ。顔を合していたとき、何となく目について好きで、名前もそれとなしに調べてたって。中山たまみ、という名前を知ったときは、

「嬉しかったな。しかしあのあと、ミナミのバーでぐうぜん、隣の席に坐ったときは、ごッつう、嬉しかった、もう得意先の接待どころやあらへん、何とか言いくるめて早《は》よ

帰して、あんたと飲も、という一心やった」

などという。

「やっぱり惚れとんねデ。たまみちゃんに。――ほんまいうたら」

と塩田は四杯目の水割を飲み干し、

「今夜を待って待って、おれもたのしみにしとった」

「それ、酔わへんときにいうてほしわァ」

「こんなこと、シラフでいえるかい」

それでは、いま、いうべきかしら、

（あたしももうすぐ三十なんよ、ついては）

なんて。

そんなことをいいかけたら、彼に、

「も、そのへんでええんちゃうけ」

とはぐらかされそうであった。

「酒も飲まんと、愛は告白でけまへんデ」

なんて、まだ塩田はいってる。

「そんなに飲まなきゃ、いい人なのにねえ、塩田さんも」

「飲まなんだら、たまみと酒気帯び運転なんかでけへん」

「あたしとお酒とどっち好きなの？」

「『どんなんかなあ〜〜⁉』」

と塩田は仁鶴の口ぐせでいって、そのうちしゃっくりをはじめ、

「酒気帯び運転は朝にする。失礼」

と座布団を枕にして横にながながとのびてしまった。

窓の外は星月夜で、町の灯も島の灯も半分ぐらいに減っていたが、秋風の冷たさといったらなかった。女を手持無沙汰にして何という男だろう、大事な話なんか、しなくてよかった、という気がした。

ふと、あのぐわっはっは女史のことが思い出され、彼女のてきぱきした仕事ぶりが想像されて、怯《ひる》む気になった。少なくとも酔いつぶれた男のそばで夜空を眺めてるより、マシな人生であろうと思うと、女史がうらやましい気もしないではないのだった。

私は彼に掛ぶとんだけ掛けて、寝床へ入って眠った。電灯はつけたままにしておいた。夜中、目がさめてみると、塩田はいつのまにか寝床へはいこんで寝ていたが、ぐっすり熟睡していて、死んだ人のようだった。ちょっと頰を撫《な》でてみたが、ぴくりともしなかった。

彼の死顔を見るかどうか、そんな将来《さき》のことはわからないけど、もし死んだらこうやって顔を撫でることもあるかなあ、なんてふと、思ったり、した。

「たまみちゃん」

塩田の声で目をさます。カーテンのおかげで薄暗いが、もう朝だ。はね起きてカーテンをあけようとしたら、まだ寝ている彼は、

「あっ。やめて。明るうしたら、あかん」

二日酔いだという。すすり泣くような声。

「朝御飯、どうすんの」

「一人で食べてきてくれ。御飯のことなんか、いわんといてくれ」

「迎え酒、すればいい」

「おれ殺す気か」

「どうりでスコスコ飲む、と思った。『花のいのちは短くて　苦しきことのみ多かりき』ってこのことなのね」

「じゃかしワイ」

「もう酒と縁切りね」

「それはおれがきめる。女が叱咤激励すな」

口のへらないやつである。唸りながらちゃんと返事している。

私は化粧をして食堂へ出かけた。昨日と打ってかわった快晴だった。ほんとに、「ぐわっはっは女史」がうらやましくなった。

食事をしっかり一人で終えた。もう塩田なんぞと絶対、別れる、と思った。旅に出た

朝ごはんはいつも美味《おい》しいんだけど、なぜか今朝のは殺伐とした味に思えた。冷えたぶどうの巨峰がとてもおいしかったので、これなら塩田の口にも入るんじゃないか、とふと思ったのはどういう心の働きであろう。食堂のボーイさんにことわって、フルーツ皿を部屋へ持っていったら、塩田はようやく着更えて、廊下の椅子で煙草をふかしていた。

私は爪を染めて、ぶどうの皮をむく。

塩田は町を見おろして、にがにがしく、

「人間が多すぎるなあ……」

とつぶやいたので、まだ、気分はなおりきってないらしいと分った。大事な話はしなくてよかった。こんなずぼらな飲みスケとどうかなったら、人生、大変なことになっちゃう。

しかし死顔に酷似していた塩田の寝顔を見たことで、私はまた、揺れている。抛《ほ》っとかれへんし、こんな人、困ったナーとも思い、ただ今朝、ハッキリわかったのは、昨日の、「ぐわっはっは女史」はうらやましくないのであった。

私は、迷っても揺れても、塩田に「ええんちゃう?」と煙たがられても、こっちのほうが面白そうな気がするのであった。

婚約

子供の頃からの陽子のクセはそそっかしいことである。

「いらっしゃい、いいものあげましょ」

などとヨソの小母さんが優しげな声を出して菓子の袋を握っていたりすると、

「ハーイ」

と陽子は飛んでいってにっこりと手を出したが、

「あら、あなたじゃないのよ」

と小母さんは困った顔をして、それでも自分の家の子供にやるついでにちょっぴりくれたりする。子供心にも恥をかいた。少女雑誌にそのころこんな狂歌がのり、陽子は自分のことを言われたように、いやな気がした。

「人にやる菓子をわれかとまちがえて　出したる手をば　どこへかくさん」

今でもそそっかしいのはなおらないけれど、二十三にもなると、「出したる手をばどこへかくさん」と笑ってもいられない。ほんとうに恥ずかしい思いをする。

この間、陽子は母の用事で、母のお茶の友達である北野夫人の家へいった。時分どきだから玄関先ですぐ失礼するのですよ、と母にくどくど念を押されていたが、ほんとに北野夫人の所へいくとお昼になった。

北野邸は宏壮な美しい凝った住居であるが、玄関に陽子が立ったとき、風に乗ってすてきな香りが流れていた。ひどく庶民的な、美味《おい》しそうな……つまり、かんばしいカレーの匂いである。

陽子は人一倍、健康な食欲がある娘なので、思わずなまつばをのみ込んでいると、北野夫人が現われた。色白ででっぷり太った明朗な婦人である。

「まあ陽子さん、お久しぶりね、さあ、どうぞどうぞ。おあがりなさいな、まあどうぞ」

「いえ、ここでもう失礼します」

「そんなこと、おっしゃらずに、ちょっとだけでも、あがっていらっしゃいましな」

「いえ、とんでもない……」

「あら、よろしいじゃありませんか。ね、ほんのすこしだけ、どうぞおあがり下さいな。ともかく、ともかく……」

陽子は顔が嬉しさに赤くなってほころんで、

「じゃ折角ですから小母さま、ほんの、少うしだけね……」

と靴を脱いであがり「あ、こちらへ」と案内する北野夫人も待たず、「ええ、よく知ってます」と勝手知った家のことだから、さっさと廊下を突き当った食堂へはいった。

そこでは、主人の北野氏が、美味しそうにライスカレーを食べていた。

「こんにちは、小父さま。いつもご馳走になってすみません」

陽子は北野氏ににっこりと挨拶して坐《すわ》った。

そうして、やって来た夫人に、さいそくするように見やった。

夫人はあっといった顔であったがそこは年の功ですぐ如才なく、

「そうそう、ちょうどお昼時分ね、お口汚しですけど召し上がって下さいね」

ととりつくろった。それで陽子ははじめて気がついて文字通り、顔から火が出た。

北野夫人が「ちょっとだけでもあがって」といったのは、玄関から靴をぬいで上がることであって、お食事をめしあがることではなかったのに、そのことばかり考えていた陽子は、意味をとり違えてしまったのだ。

ライスカレーはよばれたけれども、陽子はにこやかな夫婦の前で、恥ずかしさのあまり、皿から顔が上げられなくて、のどへつまった。

他人なら、自分が恥をかくだけでよいが、妹のマチ子相手だといつもけんかになる。

この間、マチ子は春のワンピースを縫っていた。二十一で、洋裁学校へ通っている。陽子とちがって美人でおちついていて器用である。陽子は時々、妹におべんちゃらをいって服を縫ってもらう。先日から頼んであったので、

「ご苦労さまね」

と陽子は妹の背中を叩いて、買って来たシュークリームをミシンの端においた。

「ごちそうさま」

とマチ子は遠慮なくつまんで食べた。

「疲れない？……肩、揉《も》んだげようか」

「うん、たのむわ。ミシンふむと肩が凝って……」

そこで陽子は妹の背中へまわってせっせとマッサージした。しながら、姉妹の情って
いいもんだわとうっとりした。

マチ子の肩ごしにのぞきながら、

「でもねえ、それどうかしら、ちょっと首あき小さくない？　あたし首が太いから入ら
ないかもしれないわ」

マチ子はあわれむように姉を見て、

「いやアねえ、おあいにくさま、これ、あたしのよ」

「えっ。あたしのじゃないの」

「誰が作ってるといいました、姉さんの」

「頼んだじゃないの」

「頼まれたけど、あと廻しにしたのよ。だってあたし、いそぐもん」

「よくもよくも黙ってシュークリーム食べたわね」

「自分ですすめといて、今さら何よ」

「シュークリーム返せ」

「もう頂きました、ごちそうさま」

で、陽子はくやしい思いをするが、マチ子相手では歯が立たぬ。ああいえばこう言い、こう言えばああいう。子供のころからマチ子は成績よく要領よくお行儀よく、陽子はやりこめられ通しであった。

陽子は、北野夫人の世話で見合いをした。塚田といって、北野氏の会社の青年である。塚田は水泳の選手で学生時代鳴らしたとかいうことであるが、スポーツに縁遠い陽子は色の黒い青年だなアとビックリしたのだった。

しかし彼は屈託ない、飾らぬ人柄の青年で、北野夫人と母にはさまれて陽子の家に来たが、よく食べ、よく話した。

塚田の母は小柄なふけた、おとなしい老婦人であるが愛想はよく、座は明るく弾んだ。

陽子は今まで二、三度、見合いをさせられたことがあるが、いつも何となく席に違和感があって窮屈でこまった。そうして、何となく先方から話が流れて、母や北野夫人を落胆させるのであるが、陽子自身はセイセイしているのである。

ところが塚田と彼の母だと、陽子も気楽に話を楽しむことができた。

「塚田さんのお顔の黒いのはうまれつきですの、水泳のせいですの？」

陽子は聞いた。

「まあ、両方でしょう」

塚田はすましている。

「そんなことありませんよ、私はこんな色の黒い子に生んだおぼえはありませんもの」

塚田の母が真顔で抗議した。みんなは笑った。陽子の父も勤めから帰って来て加わり、塚田が釣キチガイだと知ると、たちまち肝胆相照らしてしまった。酒が出、一座はますます明るく浮き立って、いかにも結構な予感があった。

宴なかばで、陽子は母に呼ばれた。物かげへいくと、母は、気崩れた陽子の着物をなおしながら、声を殺して、

「あんなゲラゲラ声で笑う人がありますか」

と叱った。

陽子は笑い崩れるクセがあり、そのときの笑い声はいかにもうわずって、うれしそうなのである。——陽子は母の注意にビックリしてこんどは、顔を引きしめ気味にしながら座へもどった。

母の手料理が、つぎつぎと運ばれて来た。運んで来たのは、妹のマチ子である。彼女も今日はきちんと着物を着つけ、美しく化粧しておとなびた物腰で膳を運んだ。さすがにマチ子の美しさは座を圧して光り輝くようにみえた。マチ子はしとやかに客に一礼した。

塚田も彼の母もマチ子の姿を目で追っているふうだった。やがて、塚田は北野夫人にすりよって、小声で、

「どちらですか？」

と聞いた。

それは、ちょうど塚田に近い所にいた陽子にだけ、聞こえるようなささやきであった。そしていかにも率直な疑問を、率直に男らしく出したにちがいなかった。しかし陽子はかなしくなった。あんまり正直すぎるではないか。

はじめから、北野夫人は、挨拶に出た陽子をソレと紹介しているではないか。途中から別の娘が出て来て、その娘がより美しかったとしても、目移りしてどちらが縁談の相手かとたしかめることもなかろうではないか——。

しかし、マチ子のタイミングのよさを、陽子はみとめないわけにはいかなかった。マチ子は昔から衆目を一身に集めなければ気のすまぬ娘で、自分を美しくみせるコツや、タイミングの呼吸がじつにうまいのであった。

マチ子の美しさを、陽子も自慢して来たのであるが、今は何故だか、一座の視線が彼女に集まるのを辛く思った。

「まあ、お嬢さまがお二人も。それにみなさんおきれいで、お楽しみですねえ」

塚田の母が好もしそうにマチ子のしとやかな手つきをみながら言った。

「いやどうも、お苦しみの方ですよ」

と父が言った。そういう父の視線もまた、マチ子が、かいがいしく給仕する美しい姿を、うれしそうに追っているのであった。

おひらきになって、客は座を立った。玄関で北野夫人は、ふと背後をかえりみて、

「お疲れでしたでしょう」

といたわった。慣れない着物と帯に体を締めつけられた陽子は本当に疲れたので、

「ええ、でも一晩寝たら直りますわ」

と言った。言ってからはっとした。夫人が疲れたろうといたわったのは、塚田や彼の母に言ったのであって、主人側の陽子に言うはずなく、たとえ言われても客の前で正直に、「ええ」などというべきではなかったのだ。

案の定、陽子は客を送りだすが早いか、両親に叱られた。

「ともかくどッか、抜けてますよ、この子は」

母は父に嘆じた。

「ふつうの神経じゃありませんよ。どうして女らしく気を働かさないの」

女らしく気を働かすというのは、マチ子が客のかえりがけに、塚田の母のコートの衿を折ってやったり、持ちものを車まではこんでやったりする心遣いのことであろう。陽子は気が利かずにボウと立っているだけだった。

（あたしってダメね）

と陽子はかなしくなりながら、注*ルーチョンキ、と呟いていると、何だか一人でクスクス笑えて来て、（まアいいわ、あしたはあしたの風が吹く、だわ）と思った。窮屈な着物を片端から脱いで、スリップ一枚になると、カーディガンをひっかけて客の残したバターピーナッツをぽりぽり食べた。

北野夫人から何の連絡もないままに、陽子はあるとき町でバッタリと塚田青年に会った。陽子の勤めているビルの近くへ、塚田は用足しにきたのだという。お昼を一緒に食べた。

「こんど釣りにつれていってあげますよ」

「何が釣れますの?」

「寒ぶなをこの間、釣った。水がきれいなので、体が銀色できれいだった。冷たい水の中で清められますからね。魚はきれいだなあ」

「北野の小母さまにおことわりしなくてはいけないでしょうね?」

「そうだな。二人でこっそりいくとカンニングになるんだろうな。陽子さんのお父さんもお誘いしようか」

「いやよ、やっぱり黙っていきましょう。父に釣りの講釈をさせてたら日が暮れるわ」

塚田と別れてから陽子はとても楽しかった。けれども、彼と会ったことを、約束のせいもあって母に打ちあけそびれた。塚田は先夜と少しもかわっていず、同じような印象で、淡白な好青年だった。陽子はしだいに、自分が塚田によく思われているような、彼の好意や愛を信じたいような気がして来た。自分もまた、二度しか会っていない塚田のことを、いつも考えている。

それは体の奥に、ポッとオレンジ色の火がともされたような、暖かいほのぼのした幸福感であった。このまま、選ばれた二人となり夫、妻と呼び合える関係になるならば、どんなに幸せなことかと思われた。結婚の幸福が――いままで絵に画《か》いたものにすぎなかったものが――現実のたしかな手ごたえと厚みをもって、はじめて、陽子に実感されて来た。

三、四日ばかりして北野夫人から電話があった。母は長いこと、廊下の隅で立ち話をしていたが、とうとう陽子に椅子をもってこさせ、それに腰かけて持久戦の構えでしゃべりはじめた。

陽子はすぐその場を離れたが、母が彼女を見た表情や顔色から、さきの縁談に違いないと思った。拒絶だったらもっと話は早くすみそうであった。また、もし吉報なら、母の顔色は冴え、口調も弾むはずである。それが母は煮えきらずグズグズと、

「まア……なんでそんな……でもまあそれはね。……いえ、べつにそんな……」

と、何かしぶっているのである。

その夜は土曜だったので、ふだんは会社の寮に泊まっている兄も家に帰っていた。母は最初、父だけに話すつもりらしかった。ところが、兄が、一家で集まっている食後に、

「陽子の縁談どうなった？」

と聞いたのがキッカケで、母はしぶしぶいった。

「塚田さんではね、お妹さんの方は出されるお気持ちはないでしょうか、と聞かれたそうなの。……マチ子が気に入られたらしいの」

「何だって?」

父と兄が同時にいった。陽子もマチ子もおどろいて母を見た。

「北野さんの奥さまが言われるのに、この節のことだから、どちらが先にお嫁にいっても同じじゃないかしら、って……」

「では塚田さんはマチ子の方が気に入ったというのか?」

父はあっけにとられていたが、

「それはまあなあ……ふーん」

と納得したような、しないような顔色になった。……陽子とマチ子が出てくれば、マチ子に気が動くのもムリはないだろうと言わんばかりの口吻《こうふん》が、陽子は面白くない。

「塚田さんでも言いにくいらしいのね、それで遠廻しに、妹さんを片付けられる意志がおありかどうか、というふうな聞き方をして来られたらしいの。北野さんの奥さまはこんなことでは陽子ちゃんに可哀そうだけど、物は考えようで、はじめから、マチ子ちゃんに話があったんだと思えば……」

「止《よ》せよ、そんなこと」

兄は不快そうにさえぎった。

「そんな男、僕はどうかと思うな。二人くらべてより取りなんて、夜店の叩き売りじゃあるまいし、こっちの人権を無視してるよ。二人ともことわってしまえばいいんだ」

「でも、あたしは正直だと思うわ」

マチ子は負けずに言った。

「塚田さんは率直なのよ。普通の人ならば迷って困ってしまう所を、さっさと信念を通すところ、正直だわ」

「お前はそれでいいだろうけど、陽子の気持ちはどうなるんだ」

兄が陽子の肩をもってくれた。陽子は心中（ソウダ、ソウダ！）と叫んでいた。

「このお話、はじめからマチ子にくれればよかったのにねえ……」

母はためいきをついた。父も母も塚田に好印象を持っていただけに、兄のいうように手放すことはいかにも未練がありそうだった。それでも、黙りこくっている陽子をさすがに哀れに思うのか、マチ子との間の話としてすすめようとは言い出さない。

「いいじゃないの、マチ子がお気に入られたのなら、マチ子のお話をすすめれば？……」

陽子は必死に微笑をたやさぬようにしながらいった。

「あたしに遠慮なら、いらないことよ。マチ子だって塚田さんが気に入っているんだし、みんな乗り気なのに、お流れにしちゃったら惜しいわ」

陽子はそういいながら、この間、町で塚田に会ったとき、彼があんなに陽子に親しみを見せ、やさしくみえたのは、たんに、マチ子の姉であるということからだろうかと、思いあたった。

（出したる手をば、どこへかくさん——だわ。……あたしって、いつまでこう、そそっ

かしいのかしら)

　自分は塚田の気持ちも知らず、一人で勝手な夢をえがいて喜んでいたのだ。何というオメデタイ人種であろう。

　しかしこんどのあてはずれは、子供時代の菓子などとちがって、少し大きすぎた。陽子の心に傷がついた。しかし陽子は塚田青年をうらむ気持ちにはなれなかった。自分が何でも人の善意を信じすぎるからだ。いや、そういえば聞こえはいいが、自分は人間が甘ちゃんに出来てるのだ。ムシが好《よ》すぎるのかもしれない。人がみな、陽子に菓子をくれ、昼飯を奢《おご》ってくれ、いたわってくれ、愛してくれるように甘えて、それをきめてかかるからいけないのだ。そう思った。

　次の週の中頃、塚田が来た。塚田だけでなく、彼の母、北野夫人も一緒なので、前の顔ぶれと同じであった。

　陽子は辛いのでわざと出なかった。母も、出るようにすすめない。階下では笑声や話し声がにぎやかにしている。人の気も知らずにいい気なものだと思う。いかにお人よしの陽子といえども、おだやかでいられない。

　マチ子が階段をドタドタと上って来た。誰も見ていないと、あられもない物音をたてる。

「姉さん、たいへん、下へ下りてよ」

「あたしに用はないでしょ」

「ともかく下りてよ、そう拗《す》ねてないで」

「誰が拗ねるもんですか」

しゃくなので、ニコニコしてやれ、と無理に笑顔をつくって下りてゆくと、北野夫人は大げさに両手を振ってしゃべっていた。

「いえね、塚田さんの従兄《いとこ》の方に独身のいい青年が一人いらしてね、その方にマチ子さんを考えてらしたそうなの、あたくしが早合点してごめんなさい……」

塚田の母も膝をすすめた。

「私どもでは、もう陽子さんにきめて……ともかくお話を進めて頂こうと思い、ついでに、甥の方も、と欲ばって一どきに申しましたもので、ご迷惑かけました。すみません」

塚田は心持、頭を下げた。

「母が余計なことを申し上げたので、混乱してびっくりなさったでしょう。僕の気持ちはもう、陽子さんにきまっています。僕はこの人のノビノビして、ぼうっとした所が好きなんです」

「まあ……じゃ、みんなが誤解してましたのね」

陽子の母は笑み崩れて、深くおじぎをした。

「ふつつかな娘でございますが、どうぞよろしくお願いいたします」

「よろしく……」

陽子はそういって、母のうしろから手をついて頭を下げた。（出したる手をばどこへかくさん……）塚田は出した手を強く握りしめてくれたのだ。もう、間がわるく隠すことはないんだわ。陽子は塚田に向かって、ありがとう、と心から言った。（こんなあたしでいい？　抜けてるけどいい？）と心で念を押しながら、大きな感動に包まれて、だまって頭を下げた。

注＊当時、キンチョールのＣＭで流行したギャグ

金属疲労

二月十四日が近づくと、うちの会社の男たちは、おしなべて何だかソワソワするようであった。もちろんバレンタインデーのチョコレートを、

（ことしは貰《もら》えるだろうか？）

（いくつ集まるだろうか？）

（誰々がくれるだろうか？）

（義理か、本命か？）

などとあれこれ、心づもりして期待しているからだろう。

そしてあれこれ考えた揚句《あげく》、（義理チョコでも本チョコでも、もう何でもいい、誰にも何にも貰えなくて、「男の背中」に哀愁《あいしゅう》をただよわせてるよりは、十円のオモチャチヨコでもよい、もらいたい！）

とせっぱつまって思いつめる男の子もいるようだった。

私がひそかに「野蛮人」と呼んでる、ウチの総務課の野村《のむら》は、女の子たちに誰かれかまわず、

「よっ、くれよな、チョコ。去年は忘れてた、いわれたけど、今年は今からいうとく

ど！　忘れた、いわせへん」

などといいまくり、フリーターの女の子に、

「ほんまにほしいの？」

といわれると、からかわれていることも知らず、

「ほしーっ！」

と絶叫していた。どんぐり眼《まなこ》で、剛《こわ》い髪、（この髪はいくらグリースやムースをぬりたくってもぴんぴん立って、青鷺《あおさぎ》のあたまのような後頭部になる）口が悪くて言葉が野卑で、態度ががらっぱちで、よくもこんなのを入社させたと思うけど、といってたって、ウチの会社も、超一流というわけではないのだから、野村をそう貶《けな》しつけるにも及ばないだろう。

中どころの機械メーカーで、円高の業績不振を、やっと財テクでしのいだ、といわれている。しかしそういう会社でも、野村のような、

「おっ、くれよな、ほんまァ……。ウチワぐらいの大きい手のこんだヤツ、オレの名ァ入っとるとか、似顔絵描いたァるようなん、くれよな、アテにしてるぞ」

なんて、わめき散らすような、品の悪い厚かましい青年はいない。何やあれは、と目立ってしまうのである。

ところがこの男、わめき散らすのは若い女の子にだけで、三十二の私、森《もり》はるかと、四十一の古参ＯＬの徳田《とくだ》サンには声もかけない。バレンタインチョコというのは、女か

ら男へ渡すものということになっているが、私と徳田サンは、若くないと思って、女の部類に括《くく》り入れていないのであろうか。それとも、年上の先輩には、さすがに厚かましく、わめき散らせないのであろうか。私はきっと、後者のほうだろうと思う。だって徳田サンはともかく、私はうち見たところ、総務課で七人いる女の子のうち、美人度としてはかなり高いランクに入ると思うのだ。それにどう見ても二十四、五くらいにしか見えないはず。若くて美しい私には声をかけないで、もっぱら若い子ばっかりにわめき散らすというのは、やはり、先輩として立てているのであろうか、それなら、まるきりの「野蛮人」でもないわけだ。

それに私は独身だし。（徳田サンもそうである。ウチの会社はわりに古い体質で、結婚したら退社、という不文律がある。もっとも将来は、そうもいっていられなくなるかもしれないが、未《いま》だかつて、結婚しても働き続ける、という勇気のある子はいない。ただ、近年、おもて向きは、かまわないということになっている。経理課の決算期に、助っ人にくる経理専門家の女性たち、結婚している人が多く、少しずつ会社の気風も変わってゆくかもしれない）

「それはあんた、バレンタイン上限年齢、というもんがあるのよ、あげるほうは」

と徳田サンはいった。

「もらうほうに年齢制限はないよ。ウチの課長だって、ほしそうな顔してるもん。どんなオジンかてもらえるのやからね。しかし、あげるほうは上限年齢がある、思うわ」

「上限年齢って？」

「女はほら、ええトシしてチョコレートなんか買いにいかれへんやないの、せいぜい二十代までやわ。私、三十が境目や、思うな。三十の声聞いたら、阿呆《あほ》らしィて、男にチョコなんか配ってられへんわ、あんたもそやろ、三十になった時、そんな気ィせえへんかった？」

いわんといてほしい。去年、一昨年、私はこの会社の男にこそばらまかなかったけど、（ろくなのがいない）社外の男に五つばかりあげたのだった。あげる男は、一人二人を除き、毎年違う。スポーツクラブで知り合った人や映画同好会の会員の男、英会話教室、社交ダンス教室の人、私は社外開拓を心がけているので、知り合い、仲よし、なんて男は多いほうだ。別に結婚するつもりもなく、つき合った男もいないじゃない。本命はまだ現れないけれど、青春現役、という気でいるのに、三十をバレンタイン上限年齢、なんていわれちゃたすからない。

徳田サンと一緒にされちゃたまらない、といいたいのを怺《こら》え、私は、

「それは考えたこと、なかったわ」

といった。不満気に聞こえたのか徳田サンはニヤリと笑い、

「そう？　私、あんたもそう考えて、バレンタイン騒ぎをつめたく見てるんだ、と思ってた。それを察して、野村くんは、私らには声をかけないんだ、と思ってたわ」

徳田サンは饅頭《まんじゆう》型マッサージ器「こりこり饅頭」を首すじに当てながらいう。この人

は休憩時間になると、いつもこの小さいマッサージ器を首すじや肩に当てる。貸したげよか、と私にいうが、私は肩なんか凝《こ》ったことがないんやからねっ。オバンと一緒にしないで。

フタを取ると中に白餡《しろあん》のようなプラスチックの球が現われ、そいつを体に押しあてると、電池のせいでぶるぶると振動して、凝りが揉みほぐせるというしろもの。

いかにもオバンＯＬのご愛用品という「こりこり饅頭」は、つねに徳田サンの机の中にしまわれている。この人の机のひき出しにはおよそ考えられるかぎり雑多なものがあるので驚いてしまう。バンドエイドから風邪薬、二日酔いざましの薬、「１０１が買えない人のための毛生え促進用・ヘアトニック」、老人ボケ予防・脳機能賦活《ふかつ》用錠剤「ぴんぴん」、各種神社仏閣のお守り、（その中には驚いたことに、徳田サンがいつか台湾旅行に行ったとき、台北のお寺でもらってきたという「護身平安」と書いたお守りもある。台湾のお寺さんは外国人も守って下さるのだろうか）テレホンカードにソーイングセット、「お茶漬の友」の袋に「御飯の友」というふりかけ、小さい筒《つつ》に入った京都錦《にしき》市場の七味唐がらし、お茶を飲むときに入れる小粒の梅干しのパック、爪楊枝《つまようじ》、伊勢神宮の暦、爪切、耳かき、缶切、何かの雑誌からちぎりとったらしい「星座占い」、――いやもう、そのまま会社で世帯が持てるくらい。

色白なんだけど、肥満気味、そのくせ顔だけは瘦《や》せていて笑うと皺《しわ》が深くなる。人柄はわるくなく、意地わるでもないが、思い込みが烈《はげ》しいので、こちらが当惑する、というところがある。それにいかにもオバン臭《くさ》い。

　徳田サンは会社へ来ると、安もののスカートにまずはきかえ、ついで、靴をぬいで、つっかけサンダルにはきかえ、寒いときはストッキングの足に毛糸ソックスをはいたりする。時には腰まわりに真綿をまとう。

　そうして課の中の誰かが、指をちょっと切ったりすると、バンドエイドを出し、二日酔いだというと、お薬を出す。居間に陣取ってるオカーサンという感じで、私は内心思うのだが、ウチの課長といい勝負である。四十四の課長は出勤してくると革のスリッパにはきかえる。

（去年の冬はエスキモーの靴みたいな、もこもこの毛皮の上ばきを愛用していた）そうして禁煙パイポをくわえ、ひまができると特許申請中という、特殊養毛へアブラシで、頭頂を叩いている。そのへアブラシは叩いているうち、養毛剤がにじみ出して頭皮にすりこまれるのだそうな。

　これもオジン臭いたたずまい、片や、徳田サンはオバン臭い雰囲気、よい勝負だというのはそこをいう。

　そういう徳田サンに、「バレンタイン上限年齢」があるといわれ、「三十の声聞いたら、阿呆らしィて、男にチョコなんか配ってられへんわ、あんたもそやろ」なんていわれたくないっ、と思った。徳田サンの三十と、私の三十とでは質がちがう、質が。

　一律に三十で括ってほしくない。私のはよりつややかに、より輝かしく、より充実し

た女盛りの三十なのだ。バレンタインのチョコぐらい配る、心はずみだって失《う》せていないつもり。それなのに、

「けど考えたら、阿呆らしいやないの、商業主義に毒されてさ。昔はあんなものなかったのよ。企業の下心ミエミエやわ。それに乗せられて買《こ》うたりもろうたり、してるなんて、チョコレート会社に踊らされてること、わからへんのかなあ」

徳田サンはズケズケいう。

「――それは職場の潤滑油、というか、社交儀礼のイベントいうか、――踊らされてるようにみえて、結構みな遊んでいるのと違いますか」

と私はいった。

「あんなん、ほんまにマジで、好きな男にあげる人、いるかしらん」

私は、今年は、「好きな男」がいて、そいつに渡そうと思っているのだが、それは伏せて何くわぬ顔でいう。

「お遊びですよ、お遊び。第一、男の人ってチョコレートなんか嫌い、いう人多いし。ウィスキーかて、みな喜ぶ、と限りませんよね。それよかさ、レストランや焼肉屋の割引券なら喜ぶやろうけど。だからお遊びなんですよね、お遊びに上限年齢なんてない、思うわ」

私はまだこだわっている。

「いや、それはある」

と徳田サンは頑固なのだ。そうかもしれない——ということは絶対いわない。

「まあ、そう思うてなさい、そのうち森サンも思い当る、男とドウコウするより、マッサージがええ、とかね」

「ドウコウ、って何です」

「男と寝るより、一時間二千八百円出してマッサージするほうがええ、ということ」

「こりこり饅頭ではダメですか」

「それはあんた、人間の手ェとは違う。ウチの近くに上手なマッサージさんがいてね。目ェの不自由な五十くらいの男の人やけど、出張してくれはんねん。私とオ母チャンと二人、揉《も》んでもらうねんけど、この人のうまいことというたら……」

徳田サンは「こりこり饅頭」のワルクチをいったくせに、なおも首すじに押しあてて、ぶるぶると振動させせつつ、

「もう気持ちようてうっとりしてしまうねん。骨も肉もトロトロとろけそうやねん。私、いつも面白い冗談いうて、そのおじさん笑わせて、ちょっとでも長いこと、揉んでもらお、思うて、何やかや話して、時間引きのばしたんねん」

「へーえ」

「背中から腰を圧《お》されたりしたら、恍惚《こうこつ》となるわ。恍惚のマッサージやな。ほんま、あっ、そこ、ここ、ヒャアなんて声、出てまう。男と寝たって、あんな声、出えへん。気持ちようて涎《よだれ》出てくるしィ」徳田サンはうっとり目を瞑《つぶ》り、私のほうがヒャアという声

が出てしまう。

「あれ思《おも》たら男要《い》らんわ。マッサージ屋さんさえおったらええわ。それに、お酒かてそうやねえ。お酒飲むより、熱々のきつねうどんに七味ふりかけて、フーフーいうて食べるほうが、体温《あつ》たまってええ。お酒よりぐっすり眠れるし、安いし」

「色気ないこと、いわんといてください」

「いや、ほんま。ここだけの話、男より按摩《あんま》、酒よりうどんやわ。森サンも今にそうなるわよ、いうとくけど」

「目の前が暗くなった」

「何で？　明るくなるやないの、展望が利いて。こういう、私みたいな境地に達すると、バレンタイン騒ぎを、雀《すずめ》のピーチクパーチクみたいに、つめたく見られるってわけ、森サンも早《は》よ、そうなりなさい。将来明るいよ」

冗談じゃない。徳田サンのそばにいると、オバン臭が伝染しそうだった。

しかし男にも、バレンタインデーを冷笑しているものもいる。

野蛮人の野村が、「チョコくれやあ」とわめいているのを、つめたく見て、

「阿呆ちゃうか」

と、同期の安田はいっている。

「あんなん、ミーハーもええトコやんけ、子供やのぉ。お菓子メーカーのクリアランスよ。大の男がチョコなんか、もらえるかい」

「今までもらったこと、なかったの？」

と私がいったら、

「ありませんっ」

と安田は大声でいい、

「ほしいとも思わへんかったです。ただ、ですね」

と思わせぶりに声を低め、

「高校の時ですけど、ある子がくれようとしたらしい。でもどうしても渡す勇気がなくて、そのまま持ってかえった、という告白を、五年たって聞きました。恋の激白です」

「なんで五年もたって」

「同窓会で会《お》うたんです。彼女ははじめて告白しました。今はもう結婚してますけど。それこそ本チョコ、という奴です。義理チョコなんかと違います。こういう経験をするともう、ミーハーチョコなんかもらえまへんな、ホンモノを知ったら、ニセモノは阿呆らしィて」

　安田は自慢気にいい放ち、私はこんな男に本命チョコなんか与える女があるのだろうかと耳を疑う。この安田は国立大学を出ているというので学歴自慢、すべてに自慢たらしく、威張り返るので女の子らに嫌われているが、自分ではそれを知らない。そうしてもてた話ばかりしているが、社内では相手にされないので、社外調達ばかりのようである。

もう一人、冷笑というのでもないが、独り超然としている男がいる。総務部の隅っこに机のある春木《はるき》サンという人、これは五十近いオジサンである。調査部主査ということになっているが、部下もいず、部屋もなく、総務に間借りしている。早くいえば、窓際族ではあるけれど、春木サンはずっと前に総務部にいたこともあるので、徳田サンのように古い人とは馴染《なじ》みであるらしい。前には営業部にいたのだけれど、特にミスったという話も聞かないが、東京支社へ行っているうちに会社の流れが変わり、大阪本社へ戻ってきたときにはポストがなくなっていたという話だ。

しかし春木サンは毎日、機嫌よくしている。

一人で資料をひろげて何か書いていることもあるし、パソコンで清書していることもある。資料室へ籠って一日、顔を見ないこともあるし、外へ出ていることもあり、窓際族といいながら、結構、ごそごそと忙しそうで、ひまをもてあます、ということはないみたい。

春木サンは白いものが見えるが房々とした髪に、おだやかな顔、目鼻立のくっきりした、笑いやすそうな顔である。

人間には、笑顔が容易に想像できる顔と、笑顔など想像もできぬ顔があるが、春木サンはできるほう、私は課長なんかよりずっと感じいい、と思ってるが、若い女の子たちは、窓際族のオジンだと思って気にもとめていない。目の隅にも入れないのかもしれない。従って春木サンだけは、バレンタインフィーバーの嵐《あらし》もよけていくようである。

しかし春木サンはそれをべつに不足にも怨《うら》めしくも思わぬらしく、野蛮人の野村が「チョコくれやあ」とわめいても、自慢屋の安田がミーハーチョコをバカにしても、にこにこして黙って聞いている。

こういう人を除くと、課の男は挙げて、バレンタインデーが気になるみたい。妻子持ちでも例外ではなく、課長まで、

「えーっと、何日やったかいなあ、バレンタインは」

などと不必要に大きい声で訊《たず》ねたりし、

「テレビでいうてたけど、チョコも早目に買《こ》うとかないと、上等から売り切れるらしいデ」

なんて笑っちゃう。誰が上等のチョコなんか、課長にやるんだろう。女の子たちは一斉《いっせい》にうつむいたが、それはみな笑いをこらえるためだったとみえ、背中を波打たせているのだった。

この課長は、私たちがお金を出し合っておやつのお菓子を買ったりすると、そばを通りかかって、

「お。旨《うま》そうやな」

ときまっていう。どうぞ、といわなければ仕方ない。すると決して遠慮せず、

「それはそれは」

なんていいながら、シュークリームとか桜餅《さくらもち》だとか、マカロンだとかクッキーなんか

を食べる。それでいて自分は絶対に何か買う、ということはない。たまには神戸凮月堂《ふうげつどう》のゴーフルの一缶でも差し入れしてくれればいいのに。

この課長は、ずっと前に映画を見にいこうか、といって女の子たちを誘ったことがあった。

私をふくめ、三、四人が、ちょうど見たい映画だったので、即《そく》、賛成してついていった。

映画館の切符売場に課長は向い、私たちはチケットを買ってもらえるもの、と思っていたら、彼はくるりとふりむき、大きいてのひらを拡《ひろ》げて私たちに突出す。それぞれチケット代をよこせというのだ。課長はまとめて買ってくれるだけのようであった。

あとにも先にも、あんな大きなてのひらを見たことはない気がした。しかも内部《なか》へ入ると課長は私たちのまん中へ坐りたがり、私たちはこりごりしてしまった。

奢《おご》ってもらうのでなければ、課長なんかと映画を見る気なんか、逆立ちしたっておこさないはずだった。

あるときはまた、

「飲みにいこうか」

といい、私たちを誘うので、性こりもなくついていき、炉端焼きでそれぞれ好きなものを注文して、食べたり飲んだりして盛りあがり、課長の自慢や教訓も気持よく聞いてあげた。さて店を出る段になって、

「ほな、割勘にしよか、君らもそのほうが、あとあと気ィ使わんですむやろ」

と課長にいわれたときには、みんな、一時《いっとき》、結構「パニって」しまった。今ではもう、課長についていく女の子もいないし、おやつを食べるときも課長に隠している。だから、課長にチョコなんか当るはずもないのに、課長は物欲しげに、

「やっぱり、チョコレートの本場は神戸かなあ」

なんて暗示をかけたり、しているのである。

妻子持ちの課長でさえそうだから、独り者の男の子たちはなおさらである。しかしみな一応は常識のかけらも、教養の片端《かたはし》もそなえているため、野村みたいに恥《はじ》を捨ててどなれないらしい。

私の向いの席の木戸《きど》は、

「森サン。たしか、バレンタインのお返しの日がありましたっけね、何といいましたか」

と遠慮がちに聞く。

「ホワイトデーといいません？」

「いつでしたっけ」

「三月十四日。ひとつき遅れです」

「あれは男が、女にお返しする日でしょ」

「そういわれてるわね」

「森サンのお好きなもの、いうて下さい」

「え？」

「ホワイトデーに贈りたいんです」

バレンタインの催促やないか、それは。木戸というのは小才のまわる青年だから、いうことも持ってまわっていけない。

小崎という男の子は、これは二十八になった独身者で、トシは緊《しま》っているけれど、顔も軀も丸々太って無邪気な男で、

「森サン、義理チョコと、本当に好きな人にやる本命チョコのほかに、どんなのがありますか」

と聞く。

「うーん。ま、『ついでチョコ』というのもあるわね」

私は、胸三寸にあるもくろみににんまりしながらいう。

誰が本命で、誰が義理か。それらはみな女たちのひそかなもくろみのうちにあること、誰にもうかがい知れない。女の子たちは決して手の内をみせず、知らぬ風をよそおって澄まして日を送り、バレンタインデーを待っている。

男たちはあれかこれか、疑心暗鬼に駆られたり、うぬぼれたり、いじけたり、七転八倒しつつ、運命の日を待っているのである。

一年に一日ぐらい、男たちをのたうちまわらせる日があってもいいではないか。

選挙は水もの、というけれど、バレンタインデーも水ものである。フタをあけてみると、まさかと思った男にチョコレートがどっと集中し、そのぶん、ホカの男には当らない、ということもあり得る。開票結果のように公表されるわけではないけれど、もらったほうは嬉しいものだからつい、にんまりして、「いやー、弱ったなあ、こりゃ……」などと戦利品を机の上に積み上げたりする。一つももらえなかった男は、自分の性格が招いた性格悲劇とは思わず、

「下らん。実に下らん。阿呆ちゃうか、ミーハーもええとこやんけ」

と安田のように悪態をつくのである。チョコレート会社を儲《もう》けさしてもいいではないか。女に男を七転八倒させる権利が握れるなんて、粋《いき》である。たとえ一年に一日だけにしろ。

ま、女は、一日だけに限らず、いつだって握ってる、という男もいようけれど。

義理チョコ、本命チョコのほかに、ついでにあげる「ついでチョコ」、「おちょくりチョコ」というのもある。おちょくる、というのはからかう、ふざけるという意味の大阪弁である。そのほか、「同情チョコ」なんてのもあるかもしれない。小崎は哀願する。

「そうかァ。……いや、その、同情チョコでもよろしねん。何もないとなると傷つく。二度と起《た》てない打撃を受けるかもしれません。森サン、たすけると思って僕にも頼んます」

「ふっふっふっ」

私のもくろみは誰にもいわない。

バレンタインデーをひかえた日曜日、私は神戸へいった。大阪にもチョコレートは売っているし、外国の輸入物のチョコもたくさん並んでいるが、やはり神戸の手作りは違う。神戸はケーキやチョコレートが一味違っておいしい町である。「コスモポリタン」、「ゴンチャロフ」、「モロゾフ」、「ハイジ」などの店々……。チョコレートの売場の前には女の子たちがいっぱい群れていた。私は自分が食べて、おいしいと思ったものしか、人に贈りたくないので、迷わず「トリュフ」というチョコレートを買う。

義理チョコは動物の形をしたものや、生姜《しょうが》板みたいなものや、熊の形にかためたものなど、適当なのを、スーパーの「おもしろグッズ」で買ってきた。のし紙にはあからさまに「義理」とあるが、これは私が書いたのではなく、はじめから印刷されてあったもの。

私の本命は、営業課の清川《きよかわ》くんである。もと総務にいて、去年、営業に替っていった。じっくりしてりちぎな青年で、ちょっと不器用にみえるような、まじめさである。威張り屋や野蛮人や、小才のきく男たちにくらべると、人間の厚みがちがう。

去年はやらなかったのだった。私は、好きだと思う男にはかえってそんなことはできず、二番手、三番手に配りまくっていた。

今年、やっと決心した。

年下の子だってかまわない。好きなものは好きなのだ。

彼が朴訥《ぼくとつ》なので、得意先にも可愛《かわい》がられている、という噂《うわさ》を営業の人に聞いたときは、(そうれ見ろ、あんな人柄のいい子はいないもの)と思って自分のことのように嬉しかった。

といって会社では特別に清川くんと親しくするわけではない。廊下で会うと天気のことをいったり、「しばらく見なかったわね」「出張してましてん」ぐらいの会話を交す。私は何くわぬ顔をしていたけれど、清川くんのまったりした笑顔が好もしくて、男が好きだ、という気分を味わったのは久しぶりだ、と思った。

まだとてものことに、男よりマッサージがいい、とはいえない。清川くんといると、会社の先輩女子社員というより、タダの女の目線になる。清川くんはそんなことは夢にも気付かず、営業の気苦労をしゃべっていた。そのしゃべりかたも率直でいい。自分をよく見せよう、とか、飾ろう、という気は少しもなく、失敗したことばかり、私に話す。

この人は、他人にはうまくいったことを話すけれども、私には、失敗したことを話すんじゃないか、と思うのは、かなり男に心が寄り添った証拠であろう。

私はいつか、清川くんとデイトに成功すればいいな、と思った。それはバレンタインチョコがきっかけになるかもしれない。神戸の波止場、中突堤あたりを散歩してて、彼はいう。

(つき合《お》うてくれる？　森サン)

(うん、ええわ。でも、はるかって呼んで)

(ほんなら、僕も和彦《かずひこ》、と呼んでほしい)

なんていうことにならないかな、と思ったり、するのであった。清川くんを和彦と呼んで似合いそうなのは、会社の女の子を見廻しても私ぐらいのものである。

ほんとに何年ぶりかで、しみじみと、神戸のチョコレートを選《よ》った。三、四年前、とても好きな男がいて、その男に、心をこめて「コスモポリタン」という店のチョコレートを贈ったのだったが、その男は受け取るなり、

(お。「コスモポリタン」か、ここの、女房《よめはん》、好きでなァ)

というではないか。

(えっ？　いつ結婚したの？)

(三カ月になる)

返せっ！　といいたかった。それ以来、神戸までチョコレートを買いにきたりしない。近くのスーパーの「おもしろグッズ」の駄チョコですましている。

しかし久しぶりにきた神戸の町もよく、そこでチョコレートをととのえるのも嬉しかった。私は自分の分も買い、清川くんのは美しいリボンを掛けてもらった。

このトリュフというチョコレート、私は大好きなのだ。地中に育つという珍味のキノコをかたどった、まん丸い毬藻《まりも》のようなチョコレートである。セピアの宝石、と呼ばれ

るが、香りがまずいい。ふわっと舌に溶けながらあっさりした甘みと、仄《ほの》かなにがみがあとへのこり、このほろにがさが、（ああ、チョコレートを食べてる……）という思いにさせる。甘ったるいだけの駄チョコと違い、いかにも高貴な素性のよさを思わせ、しかもこの仄かなほろにがさは大人の味、男の味である。このチョコレートなら、男たちが洋酒のアテにつまんでもサマになる、というような、最高級のチョコレートなのだ。

私はそうっと、そのチョコレートを持ってかえり、私の部屋でこっそり食べた。私は両親と弟と四人で暮らしているが、身内にもトリュフなんぞは振舞わないのである。身内は駄チョコでいい。

このチョコを清川くんが食べると思えば、私は清川くんに乗り移ったように吟味しつつ、じっくり食べずにいられなかった。

この甘み、このほろにがさ、このデリケートな脆《もろ》さを、清川くんが賞味してくれるのだ。

彼なら、きっと、

〈すばらしいチョコレートやった〉

といってくれるであろう。

「何でもエエ、くれやあ！」

とあさましく絶叫するような野蛮人の野村とは大違いのはずだ。

バレンタインデーの朝。

私は男たちに片端から駄チョコを配った。

これは私の煙幕作戦である。清川くんに本命のチョコをあげるのを、うまくまぎらせる作戦である。どうせ、こっそり手渡すのだから誰にも知られないようなものだが、ほかの男たちにばらまいておけば、攪乱《かくらん》戦術に幻惑されて、誰が本命かわからないであろう。

しかも男たちは、それぞれ、自分だけがもらったと思いこんでおり、

「いやー、森サン、嬉しがらせてくれるねえ」

などと、目も鼻もなく喜んでいた。ただし課長と春木サンは省いた。春木サンは関係ないし、課長を喜ばせてやることもないであろう。

野蛮人の野村は相好を崩して手刀《てがたな》切って受け取り、

「第一号やなあ」

と机の上に供えていたが、二号三号とくるとでも思ってるのかしら。

安田は私が駄チョコを渡すと、「大の男がチョコなんか、もらえるかい」と放言したことも忘れ、目の色が変わって、

「えっ、それ、僕に？」

「ミーハーみたいで悪いんだけど、もらってくれる？」

「いやー。そんな。勿論《もちろん》、大よろこびで頂くよ。へー、そう、森サン、僕にそんな気ィやったんですか」

「そんな気ィとは何よ」

「いやー、知らなんだなあ、そうか。いや、そうなら少し考えてみます。森サン学校、どこでしたっけ？」

「学校？」

「いや、僕のお袋、出身校にうるさくて」

何を勘違いしているのであろう。

木戸にいたっては、私の手を握ろうとして、

「森サン。僕にこんな——。いや、嬉しいです。あるいは義理チョコぐらいは、と思ってましたけど、これは本チョコではないですか、知らなんだな、森サンがそんな……」

「ちょっと。深よみしないでよっ」

「そんな、隠さなくても。……」

「ちがうって！　こういっちゃナンだけど、義理チョコなんよっ」

「まーたまた。そんなむきになって否定するところが可愛い。森サン、僕はいまやっと真の愛にめざめた……」

「もっ。もっと軽いノリで流してよっ」

モノをいうと息切れしそうであった。日本の男たちはいつからこう、みなうぬぼれ屋になり、前後もわからぬノボセ屋になったのであろう。

ところがかんじんの清川くん、いとしの清川和彦はその日、いないのであった。それ

となく営業の人に聞いてみると、岡山出張だという。しかも何だか彼は失策をやらかしたらしく、課長が彼に同行して、その尻拭《しりぬぐ》いというか後始末というか、事態の収拾に出かけたらしい。

　私は清川くんの気持ちを思ってすっかり落ちこんでしまった。

　しかしまた、気を取り直した。人の話はアテにならないと思ったのであろう。男同士だと競争意識が働くから、針ほどのことを大きくいい、足をひっぱるのかもしれぬ。またたとえ、清川くんにとって、よくないことが起ったとしても、私が本命チョコを渡したら、

「あ！　森サンが……僕に、これを」

　とおどろき、喜んで、活力をとりもどすかもしれないではないか。

　そう、落ち目のときこそ、支えになってくれるものは女の愛情なんだから。

　岡山はたいてい日帰り出張のはずだが、その日、清川くんは社へ顔を見せなかったらしいので、私は注意ぶかくまた、トリュフのチョコレートを自宅へ持って帰った。

　弟は義理チョコと、余りチョコを一つずつもらったといって見せびらかしている。この弟は社会人二年生である。余りチョコ、とは何だというと、女の子たちが何となく余分に買ったものを、面倒くさくなって弟にあてずっぽうに与えたものだという。

「そんなことわかるの？」

「わかるよ、それは。また女の子が取り返しに来たんやもん、『あら、もう開《あ》けたの？

しょうがないわねえ』いうて、むくれていきよった。開けてなければ取り返して別のヤツにやるつもりやったらしい。余りチョコをあちこち振り当てよんねん」

私は笑ってしまったが、今日《きょう》びの若い女の子たちのこと、それは充分、想像できた。清川くんにもそういう女の子がむらがり、遊びチョコ、余りチョコ、義理チョコ、ついでチョコ、同情チョコなどシャワーのように降らしているのかもしれないと思うと、

(義理や余りの子らと一緒にされちゃたまらない! あたしの本命なんだ)

と思った。

どういってそれを清川くんに納得させたらよかろうか。チョコを見てもらえば、

(あ。これは安物じゃない)

とすぐわかるんだけど。

私は翌日も、細心の注意をこめて、チョコレートの箱を会社へ持っていった。何しろデリケートなお菓子なので乱暴に扱うとこわれてしまう。

また、ためいきのようにまつわりついているチョコレートの粉が落ち散って、風味をそこなってしまうことも考えられる。

清川くんはその日もいない。あまりしばしば、清川くんのことをたずねるのも憚《はばか》られて、私はまた家へ持って帰らなくては仕方なかった。

ご本尊の清川くんには中々渡せないでいるのに、駄チョコ、煙幕チョコを渡した男連中の対応がうるさくなってきた。

野蛮人の野村は、誰に聞いたのか、夜、私のうちへ電話をかけてきて、

「もしもーし。オレ」

「オレさんって、どなた」

「野村やないか、チョコくれたくせに、オレの声、忘れる奴あるかい」

「何か用なの？」

野村のやつ、やたらなれなれしいので、私はつんけんした声になる。

「おーおー。チョコくれた仲やないけ、へだてのないつき合い、しようぜ。ついては、金、貸せや」

「えっ？　何でよ」

「オレとおまえの仲やないか、サラリー日まで、ちょっと貸してくれてもええやろ」

何をいうのだ。義理チョコ、駄チョコを私からもらって男たちの磁石は狂いっぱなしになったみたい。

安田にいたってはひどかった。

「君、学歴もイマイチやし、かなり年上なのが難やけど、ま、僕はそういうことにこだわらんほうでね……」

「何の話よ」

「結婚やないか、森サン、そのつもりやったん違うの？　それにしてもチョコ一枚で京大出を釣ろうというのが、むはははは、森サンの可愛いところやな。でも、まあ、森サ

ン、美人やし、さ。救われるよ」
「誰が釣るねん、義理チョコぐらいで」

「そのうち、お袋《お》に会うてくれへんか、お袋、病身やよって、看護師さんになるつもりでおってくれやあ」

「いうとくけど、あたし、結婚なんて考えてへんのやからねっ。ミーハーでチョコあげただけなんよ、へんな言いがかりつけるんなら、返してもらうわ、あのチョコ！」

と私はどなった。

そうかと思うと、私は廊下で、課長と徳田サンの話をちらと耳に入れてしまったのだった。

「いや、ありがとう。中々、おいしいチョコレートやったよ」

課長はにこにこして礼をいっている。

徳田サンはバレンタインの上限年齢を私に示唆《しさ》したくせに、自分ではこそこそとチョコレートを課長にやっているらしい。呆《あき》れたものだ。しかも満更、義理チョコでもない証拠に、徳田サンもにこにこして、

「ええ、あれ、いけるんですよ、わりに」

などと仲よくいい、あの二人、オジン臭さ、オバン臭さでも好一対であるが、年齢も近いことゆえ、気が合うのかもしれない。何にせよ、会社の中はバレンタイン後遺症というべき気分で、まだおちつかない。これから思いがけない新しいカップルが生まれた

りしてざわめくのである。

私は、といえばまだチョコレートの箱をもち歩いていて、清川くんに渡せないでいる。さすがのトリュフも、箱の中で痩せてきてるんじゃないか、腐るものではないけれど——などと思い、気が気でなかった。

ついに五日目、やっと清川くんに会えた。私はロッカーに隠してあったチョコレートの箱を上手に隠して持ちながら、

(そんなに大きいものじゃないから、これをいま渡してもいいな)

などと思いつつ、

「出張だった?」

と何気なく話しかける。

清川くんは消耗しているように見えた。ちょっと頰の線が削《こ》け、眼つきがしょぼしょぼして、冴《さ》えない顔色だった。

「うん。大変やった、色々あってね。ここ一週間ほど、エラい目ェに会《お》うてた。課長にはタコつられるし」

「ふうん」

「いやもう、さんざんでした。僕がチョンボしてんけど」

あいかわらず素直にそんなことをいう清川くんが、私には可愛いのである。私は清川くんが好きで胸が痛いくらいになり、

「元気出しなさいよッ。人間やもん、チョンボするときもあるし、うまいこととんとんいくときもあるし、降ったり照ったりよ。ね？」

「うん、そういうてもらうと嬉しいけど」

ほんとならここで、私はチョコレートを出し、彼を更に力づけ、元気づけるつもりであった。ところが、どうしたことか、私の口から出て来たのは、思いもかけず、

「どう。誰かにバレンタインチョコでももらった？　清川くんたくさん来たんやない？　もしまだだったら、余りもの一つあげようか？」

というものだった。

なぜこんなことをいったのか、自分でもさっぱりわからない。

清川くんはいった。

「いや、もう、いいスよ。チョコどころやありません。そんなんもろて、喜んでる場合やないんです、僕」

エレベーターを下りてビルを出ると、夜気が冷えて澄んでいるので、町の灯がきれいだった。

ふり返って仰ぐと、七階の営業部の部屋の窓はまだあかあかと灯がついており、清川くんはまだ仕事をしてるのであろうか。本命チョコというのは本当に渡しにくいもの、私はまたもや、チョコレートの箱を持って帰るのである。

後からやってきたのは春木サンだった。

私と肩を並べ、

「今日は何や、元気ないね」

という。暖かな、おだやかな声である。

「そうですかあ？」

「森サン、いつも元気がええのに、珍しなあ、思《おも》てたんや」

この春木サン、総務課の窓際に間借りして、一人ひっそり、にこにこしているように見えるが、室内の人間に関心を持っているらしい。

「元気出しなさい、人間やから落ちこむときもあるし、うまいこといくときもある。ま、しゃァないけどな。――お酒でも飲もか」

春木サンが私が清川くんにいったようなことをいってくれた。私はいった。

「春木サン、――ちょっとタイミングずれましたけど、これ、もろて頂けますか。チョコです」

「ええのんかいな。僕も人なみにもらえるのんかいな」

「余りチョコです。すみません」

「チョコはチョコや。大きに」

「その代り、海、見たいです。――連れていって下さい。神戸は遠いから、大阪南港でいいです。波止場を見たいんです」

「この寒いのに、かい。なんでまた、そんな。寒いときに寒いとこへいったら、よけい落ちこむデ」

春木サンはおちついて、

「まあ、それは暖《ぬく》いときに連れていったげるから、とりあえず、今夜は熱いお酒でも飲もか。あんた、うそ寒そうな、しけた顔、してるやないか。いつものあんたは、そんな子ォやないのに……」

私は港の波止場に立つ、私と清川くんのことを思い泛《うか》べていた。チョコレートをきっかけにして二人の仲が接近し、私たちはロマンチックな波止場で、恋を語って胸おどらせているはずであったのに。

春木サンは、彼のいきつけの店だという明るい小料理屋に私を連れていってくれた。

熱い日本酒をついでもらい、

「ぐっと、まず、あけなさい」

といわれ、その通りにすると、とたんに疲れがにじみ出て、しかしそれも快《こころよ》かった。

「疲れますね。トシのせいかしら」

私は、私のキライな徳田サンの口ぐせをつい、いってしまう。

「あんたはまだ若いよ。トシのせいやない、それは金属疲労とでもいうのんか、人生にちとヒビが入っとんのやな」

春木サンは自分もおいしそうに日本酒を飲み、

「金属疲労は若《わこ》うても出てくる。人間は金属疲労が出てからがホンモノやな」

私は箱の中のチョコレートを考えた。長いこともち歩いて、チョコも金属疲労が出たかな、と思った。

「春木サン」

「何ですか」

「俳句、出来ました。『チョコレート粉々になって恋終る』というんです」

「なるほど。――しかし、恋なんか終ったほうがよろし。人間は金属疲労が出るようになってからがホンモノやし、男と女は友達になってからがホンモノや。恋より友達がよろし」

「そういうたら、ミもフタもないけどな」

と二人で笑った。

春木サンがその夜、私のために取ってくれた料理は、

一、イカの刺身
一、ゲソの塩焼き
一、トロのつくり
一、湯豆腐
一、杓子菜《しゃくしな》と油揚のたき合わせ

というものだった。

私は日本酒とこれらのごちそうで体はあたたまり、気分もしゃんとし、何べんバレンタインをやってもいい気がしていた。それより春木サンと「お友達」になれたのが嬉しかった。そういうと、春木サンは私の耳にささやいた。

「この店、気に入ったかいな」

「ええ、とても」

「これ、実は、僕のバレンタインのチョコなんやねん。森サンは僕の本命チョコやった。いつかはここへ案内しよ、思うてたんや。時々、金属疲労した時は、ここで飲みまへんか?」

と春木サンはいい、

「実は、あんたが金属疲労する時を、いつも待ってたんやねん。それが僕のバレンタインデーというわけや。怒らんといてや」

私はいい気持ちで、怒るどころではないのであった。とてもいいバレンタインデーだと私も思った。たしかに、人生における金属疲労もまた、たのしいものだとわかるのであった。

わかれ

時間がもうないが、紅子《べにこ》は空腹なのに気付いた。何という、けしからんことであろう。恋人と最後の別れをするという、人生の重大事を前にして空腹に気付くなんて……。

（あたしって、よくせき、どないかしてるわ）

と紅子は思った。胸がいっぱいになり、万感こもごも迫っているのに、胸とお腹《なか》は別らしい。

楠田渡《くすだわたる》の方は、今夜の夜行で広島へたつので、夕食は早くすましてくる筈である。紅子は貴重な時間のあいだ中、空腹になやまされたりしてはつまらないと思ったので、大阪駅で下りると、南へ下って曽根崎新地の飲食店通りへはいった。

ゆきつけのお好み焼屋『春のや』をのぞくと、これは運のわるい、いるわいるわ、会社の同僚のＯＬの顔がずらりとみえる。

いずれもそうそうたるマスコミ屋ばかりである。つまり、名だたる金棒引きである。

今夜は早春らしくほの暖かいので、女の子たちもまっすぐ家へかえらず、寄り道をたのしんでいるのだろう。

（こんな連中に楠田さんと一緒のところを見られたらおしまいやな。屋根の上へ上って

メガホンでどなっているようなもんや)

紅子はそう思って、

「いっぱいやな、またにするわ」

と油障子を閉めかけると、

「いやァ、空いてる、空いてるわよ」

と声をかけられた。総務課の女の子たちのグループである。女の子たちは順ぐりに木の丸椅子をつめ席を作ってくれたので、紅子も出にくくなった。

「おおきに」

と坐《すわ》って見廻すと、店内は満員でカウンターの鉄板の向こうに、コックの男が二、三人、鉢巻をしめてメリケン粉を流し、起し金でペタペタと叩いて、ジュウ! といい音をたてている。煙は天井にたちこめ、ソースと脂のまじったかんばしい匂いがただよい、さすがに紅子は意地汚なくお腹が鳴った。

腕時計を見ながら、紅子は、おっちゃんに、

「早う焼いてな。五分位で焼いてな」

と言った。

「えらいおいそぎやな。汽車の見送りにでもいきはるのん」

誰かがひやかしたので、紅子はヒヤリとした。まさか楠田渡を見送りにいくとは、誰も知るはずないが。

いいかげんに返事して、舌を焼き焼き、ガツガツとひとりで食べていると、ふっと、楠田とはじめてデートしたときのことなどが思い出される。

それは社の同じ課にいる男子社員の、結婚パーティの夜だった。楠田はその世話係をさせられて奔走していた。楠田はいつもそういう役廻りを押しつけられる。気のいい、おうような、穏和な性格なので、人が頼みやすいらしい。紅子は彼が、友人の世話ばかりさせられて、自分はいつまでも独り者でわびしく暮らしているのを、いかにも彼らしい、ぶざまな生き方に思った。

とにかく楠田渡は要領がわるいので有名な男なのである。課の女の子たちは楠田を笑うけれども、紅子は、彼の要領わるさが、いとしいのである。何か、気になってならないのである。

結婚式のパーティがお開きになってから、楠田は他の世話役と一緒に会場を片づけていた。紅子も手伝った。それで、気の毒に思ったのか、楠田は、会場を出ると、彼女をさそって、お好み焼屋へつれていってくれた。紅子も知らない店だった。

そのあとで、南の場末のバーへ、彼は案内したが、これがひどい店で、客のはいている下駄がコンクリートの床にがんがん鳴り、バーテンは素足にゴム草履をつっかけていて、客は「お前、水虫はなおったんか、見せてみい」などといってからかっていた。カササギの巣みたいな頭をした女の子が便所から出てくる度に、冷えたするどい便所の臭気が、店内にまきちらされるような店だった。

でも紅子は楽しかった。

いい思い出だった。楠田はおっとりしているが愚鈍なのではなく、よくしゃべった。

「とにかくなあ、ぼくは動くの、しんどいねん、なまけもんやねん」

「そんな、生活無能力者みたいなこと、いうたらあかんやないの」

「いや、そんなんと違うけどな。どっちみち、がんじがらめのサラリーマン生活やさかい、赤眼吊《つ》って働いたかて月給あがらへんのやからな」

「ソウダソウダト言イマシタ、マル」

紅子はさんせいして、二人で乾杯した。

彼の家は、紅子の家と一つ二つ停留所を離れているだけなので、夏の晩など、誘いに来て、夜店を散歩することもあった。

「ええお人やけど、なんや、ボウとしてはるなあ」

と母は彼を評してそういい、紅子はふき出してしまった。しかしその時から、彼がなお、好きになったのだと思う。彼の味方になろうと、決心したのだと思う。

彼が直接わるいのではないが、彼が二、三人で組んで、受けもっていた仕事がキャンセルを食い、会社は打撃を受けたことがあった。

その次には、彼は会社の車を運転していて、交通事故を起してしまった。煙草屋の塀を一部こわし、車体を少々擦ったぐらいだったが、紅子はそれを、ちょうど風邪を引いて欠勤していた時にきいた。

「ほんまに、楠田さんて、どうかしてんのんと違う？」

紅子はいらいらして、その晩、わざわざ遠い所の、公衆電話ボックスまで電話をかけにいった。家の電話を使いたくなかったからだ。

「何ンやねん。どないせえ、いうねん」

と楠田ののんきな声が返ってくる。

「何とかしてほしいわ。みんなの噂きくたびに、あたし肩身が狭うなる気がするやないのさ！」

「なんでや」

「わからへんの？　あたし、あんたのことこんなに気にしてんのに」

「うん、えらいすんまへん。いつもすまん思うてるんや。そのうち何ぞ奢るわ」

「あほ！　あたし、楠田さん好きなんよ」

電話を切ると、もういちど、あほと呟いてやった。

あくる日も、もう一日欠勤したが、その夜なんとなく彼が来そうな予感がした。と、やっぱり彼が見舞いに来たので、紅子は怖いような気がした。紅子はふとんにくるまって目ばかり出していると、楠田はあぐらをかいて、紅子の母が出した菓子や、自分が持参した見舞いのくだものを遠慮なく食べて、それから、

「どや。飲みにいこか。飲んだら風邪なんかイチコロになおるわ」

と真顔《まがお》でいう。母がこわい顔で、目で叱っているのに知らんふりをして、紅子は大い

そぎで服を着かえ、

「すぐかえるわ」

と母にささやいて出た。母はぶつぶつ言っている。彼のそばへいって、

「叱られたァ」と舌を出すと、

「ごめんネ」

と彼は言い、玄関を出るがはやいか、どちらからともなく、手を出して握手してしまった。

それから、もつれあって歩いた。駅前の商店街へぬける近みちの路地があって、そこへはいるが早いか、紅子は楠田の体にぴったり体をおしつけた。彼の体は重たくて、路地の板塀によろけてしまった。熱が残っているせいか、紅子は頭がふらふらする。

「電話ごめんなさいね」

「ううん」と楠田はいった。「嬉しかった、真心がこもってたから」

ほんとに嬉しそうにいった。彼は紅子を肘《ひじ》でかこむようにおおって、じっとしていたが、

「ええこともあるもんやなあ、生きてると」

と、ひとりごとで感心したようにいった。

彼のあごの下に紅子の髪の毛があり、髪をくしゃくしゃにされているのは、紅子にはいい気持ちだった。けれども、何かしら漠然とした不安の予感みたいなものがあった。

紅子のおしりにはまだ、童女時代や家庭の庇護や、母や兄の匂いの殻がくっついており、楠田が何となく不安でもあった。紅子はもうおぼえている、煙草の匂いのまじった楠田の体臭がなつかしくてじっと体をおしつけながら、自分たちのことを考えていた。――

紅子はいま、あの晩のことを思うと、辛くなる。そうして、楠田を恋人に持ったのはみんな彼女の意志だと思う。

お好み焼屋『春のや』を出て、紅子はさっさと梅田の地下街のはずれにある喫茶店へはいった。楠田はもう来ていて、旅装で、トランクは駅にあずけているのか、軽い鞄ひとつだった。夢中でスポーツ新聞を読んでいる。

彼の頭上にはテレビがあり、美空ひばりが歌っていた。紅子が坐ると楠田はやっと顔をあげた。紅子は手袋をぬぎながら、

「あと、何時間あるの？」

「四時間ある」

「その間、どうするの？」

「うん……そやな」

楠田はまだ新聞に気をとられたように未練げに目を落していたが、紅子が、それを取って座席に置いたので、

「何をするかな……」

と煙草をとり出した。屈託のないのんびりした顔をしている。

「まず、めしを食うて」

「まだやったの？」

「一緒に食おう、思うて。最後の晩餐や」

「スカタンね。あたし食べたわ、もう」

「ほんなら、茶でも飲んで、つきあい」

二人はそそこに喫茶店を出て、食堂へはいった。紅子が友人の目を恐れるので、人のあまり入っていないがらんとした中華料理屋だった。楠田はラーメンを注文したが、なかなかできてこない。

「どうしたのかしらね。催促すれば？」

紅子はいった。楠田はテレビの、さっきのつづきを見ている。美空ひばりはこんどは若衆姿になって歌っていた。

調理場では夫婦げんかでもしているのか、男と女の言い争う声がしていた。やがて四十がらみの女が泣き顔をして、ラーメンをはこんで来た。注文から三十分ばかりたっていた——。というのは、美空ひばりの時間が終ってしまったのでわかったのだ。

「くさい肉やな」

楠田はラーメンをすすりながらつぶやいた。

「どんな……」

紅子は彼の食べているどんぶりに鼻を近づけた。

「ほんと、腐ってるわ、あたったらいかんよって止めときなさい。えげつない店やねえ」

「まあええわ。ひときれもう食うたさかい、毒を食らわば皿までや」

「よういわんわ」

楠田は美味《うま》そうに、どんぶりをあけてしまった。

「ねえ、――広島へいったら……もう、大阪へ帰られへんのん？」

「そんなことないやろ、広島支店から大阪へ帰って来た奴は何人もいる」

「でも楠田さんの同期の人に、そんな人いてへん。あんた、要領、人より悪いのと違う？」

「ええ、とは言われへん、ハッハハ」

「笑うてる場合と違うやないの」

と紅子は腹立たしくて、（あんたがもっとしっかりしててくれたら、浦本なんかと結婚せんでもええのに……）と思った。

浦本は親類の遠いはしにあたる青年で、小さいが手堅い鉄工所を経営している。大学生のころに、一時紅子の家に寄宿していたこともあったが、少し前に、人を立てて浦本の親から紅子をもらいに来たのであった。

浦本は親戚中でも金持ちの出世がしらなので、紅子の母や兄は、良縁だと思っている。

彼自身を、紅子も厭《いや》ではない。まじめな生活者というかんじで、ちっとも現実ばなれしたところがなく、町工場の経営に手いっぱい、というように見えた。

それで、紅子と交際するように周囲からすすめられて会うようになると、浦本は困ったふうだった。二人きりになると、彼は言った。

「何をしゃべるもんかな、こんなとき」

「いつも男の人って何を考えてんの？」

と紅子は聞いた。楠田のことを考えながら、そう言った。浦本は首をかしげた。

「そやな。べつにありませんよ」

「何をして遊びはるんですか？」

「遊ぶ、いうても僕ら同業者のよりあいですからな。まあ、メシ食うたり、麻雀《マージャン》したり、釣りにいったり、ですわ。バーもいきますすけど、これは得意先の招待ですからな、こっちは招くほうで肩が凝って、遊びやおまへんわな」

浦本は、楠田のようにのんびりした顔でなく、ひきしまった、鋭い表情があった。

「それに自分で商売していると、サラリーマンとちごうて、金ぐりに追われるよって、しんどいですな。ぼやぼやしてられまへんわ」

彼は自信にみち、精気にあふれ、つやつやと血色のいい顔をしていた。金ぐりに追われる心配のない、ぼやぼやしたサラリーマンを軽蔑するようないい方をした。

それはしかし大阪人の気風で、自主独立の商人を尊び、サラリーマンを軽んじるくせがあるのを、大阪娘の紅子は知っているから、浦本の気持もわかる。けれどもやはり、彼にそう言われると、非難や侮蔑の矢はみな、楠田に放たれていく気がして、複雑な気持ちになるのだった。彼女は楠田を庇《かば》いたかった。

「出よか。……おい、金ここへ置いとくで」

楠田はがらんとして人けのない中華料理店で叫んだ。女が裏から顔を出した。

「それからなあ、肉がちょっと、イテもうてたで。あんなん、ほかの客やったら大騒ぎしよる」

女は楠田をにらんでいた。紅子はいたたまれなくて先に出た。一緒に食事するのなら、そう予定をたてておいてくれればよいのに、せっかく最後の晩だというのに……。

「何時の汽車？」

と彼女は聞いた。

「二十三時八分」

「ふーん。そんなら広島へは朝ね？」

「うん」

彼はパチンコ店の中をのぞきこんでいたので返事はうわのそらだった。ついでに足をふみこんで持っていたバッグを紅子に渡すと、

「ちょっと、大阪のパチンコ、名残りにしていくわ。待っててんか」

「いやや、何も今夜みたいな時にせんかて」

「ちょっと間《ま》や。五分ぐらいですむわ。君もせえへんか」

「せえへん！」

「そう怒るなよ」

楠田は結局、三十分ばかりして出て来た。紅子は本屋の立ち読みにも飽きて、裏通りをぶらぶら歩いていると、楠田が追いすがって来た。景品の煙草をとり出して、

「何や、広島へ都落ちする気、あんまりせんわ。ピンとこん」

「あたりまえや」

紅子は怒っていた。

「勝手に一人でパチンコ楽しんでるんやもん。自分だけよかったらええのやね」

「まあ、まあ……君がそばにいてくれてるさかい、間がもっとんのや。一人では淋しゅうて仕様がないわい。なんぼ僕でも」

「どうするの？　これから」

「どうする、どうする、って言い通しやな。これから飲みにゆこやないか。今日は午後からずうっと送別会のくり返しで酒は体にだぶついとるけどな」

それで、楠田がちょっと大儀そうなわけが紅子にわかった。彼は酒が体によどむと、疲れの濃い感じになる。

二人は映画館の裏口になる、コンクリートの階段に坐った。路地裏らしく舗装されて

ない、むき出しの土の道がみえていた。都会の盛り場にはめずらしいことだ。

ぴったりと体を寄せあって坐っていると、かえって、紅子には数時間のちのわかれが実感できた。

「君の結婚はいつごろやねん」

楠田がぽつんと言った。

「まだ、わからへん」

と紅子はいったけれど、初夏のころになる予定だった。紅子は美しくマニキュアした自分の桃いろの爪をそろえてじっとみていた。

楠田はその手をにぎった。

「何かお祝いするか。何がええ？」

「いやッ。皮肉をいうなんて、楠田さんらしいない」

「皮肉ではないよ——こうなってよかった、思うてんねん。きっとその人のほうが巧《うま》いこと、いくわ」

「根性のないことというのね、あんたって」

「かい性《しよう》やたら、ド根性やたら、僕はそんな言葉、好かんのや」

楠田を好きになったのも、彼を捨てて浦本を選んだのも紅子の意志だから、紅子は何の後悔もないはずであるが、別れるときめてしまうと淋しくて、二人きりでいる時間が貴重に思えた。さびしいというのはどういうことをいうのか、自分でも紅子はよくわか

らず、

「ねえ、もう何時間のこってる？　どうする？　これから」

とまた、言ってしまってから、ああ、私は彼に抱かれたくてそんなことばかり言っているのだ、とわかった。紅子は楠田の胸にすっぽりはいるほど、頭をすりよせた。ずっと前に、楠田がひどく酔ったことがあって、二人で「ちょっと気分がよくなるまで」ホテルへはいったことがあった。彼は帳場へ電話して、

「新聞おまへんか」

といったら、婆さん女中が新聞をもって来て、「夕刊だったか、朝刊だったか」ときくのであった。

「いや、洗面器へ敷くねん。あげそうやさかい」

「ほな、横手がトイレになってておまんがな」

「そうか、おおきに」

「あんまり飲みはったら体こわしまっせ」

とお袋のごとく、背をさすり、

「薬もって来たげまひょ。大丈夫でっか」

と親身に心配した。紅子はベッドに腰かけて足をぶらぶらさせながら、置いてある週刊誌を見ていた。婆さん女中はなおも楠田の世話をやいて出ていった。彼には初対面の人間を何かしらうちとけさせる、へんななれやすい雰囲気があるらしい。そのあとは一

度も楠田とそんな機会はないのであった。

紅子はいまでも彼が好きである。彼も紅子しか身近な女はいないのがわかる。それでもどうにもならないのは、楠田が煮えきらないからで、紅子は彼が、自分を愛せないから、燃えないのかと想像していた。

「さびしい」

紅子は自分から楠田に唇をあわせた。

「僕かて、や」

楠田は彼女をひきよせ、コートの下へ大きなあたたかい手を入れた。彼の手がドキドキと波を打つ乳房をゆっくり包むのが感じられる。紅子は、彼がこのさき見知らぬ街で、こうやって見知らぬ女と、煮えきらない関係に入って自分と切れてしまうのか、と思うとハラワタがちぎれるほどくやしい思いがする。楠田さえ、男らしく自分を奪ってくれれば思いきって楠田を選べるのだ。

「あたし……今日、いきたい。これから」

紅子は楠田にも聞きとれないほどの小声でいった。楠田はあごを紅子の髪にあて、

「かめへんのかいな。ええか？　よっしゃ」

と低くいった。紅子は嬉しかった。そう思いながら、大阪弁って、こんな大切なときに、なんておかしなひびきを伝えるものかと思ったりした。楠田は決然と紅子を片手で抱いて、

「ほな、いこ」

ときっぱりいった。それは紅子がはじめて聞く、男の言葉だった。彼はまわした腕へちょっと目をあてたが、腕時計に目を丸くして、

「あれッ。けったいやな。こら、止まっとるわ。いま何時や！」

と夢からさめたように叫んだ。何時、ときかれても紅子の女時計はかざり物である。

二人は、いそいで表通りへ出た。

もう人影は少なくなっており、交叉点の銀行の電光時計は十時五十分だった。

それからどう走ったか、二人はおぼえがないのである。荷物をうけとってホームの階段をあがりながら紅子は、最後まで迷いぬいた自分の心がこれでふっきれたように思った。

こういうトンマな男に一生を託するなんておよそ、ばかげてるではないか。

列車はもう、はいっていた。紅子は楠田が座席へいそぐのを窓から見ていた。楠田も紅子も息を切らしていた。おかしくて息がつまるのだ。

しばらくして彼は出て来て戸口に立った。

「あ、えらい目におうた。こんなしんどいの、知らんわ」

と紅子の持ってやった鞄をうけとった。

「ほな、おおきに。おやすみ。さいなら」

単語ばかりの楠田のあいさつをきれぎれにしてベルが鳴った。紅子は楠田のそばへ飛

び乗ってしまった。仕様のないスカタン男め。

（ええい、しょうないわ、あたしも広島へついていったげるわ。あんたみたいな頼りない人、ほっとかれへん）とっさにそう思った。

夢とぼとぼ

はじめに甘すぎたんかなあ……と大沢は、大衆酒場「よっしゃん」で二級酒を飲みつつ考えている。

妻のマスミと言い合いになると、必ずマスミは、

「だってアンタ、あのとき、東京へいったらアカン、って反対せえへんかったやないの」

というのだ。

それをいわれると大沢は口をつぐまなくてはならない。しかし本当は反対したかったのだ。それぐらい察してくれてもええやないか。大体、「三カ月ぐらいや、って会社はいうてる」ということだったし、マスミが心を躍らせているらしいので、しぶしぶ、許したのだ。三カ月が半年になり、一年になり、二年になるなんて思いも寄らなかった。いや、妻が単身赴任するなんて、

(恥かして、人にいわれへん)

大沢は四十歳だが、そう思う古いところがある。

(常識にはずれてる)

妻が単身赴任してヤモメになったさかい、この店を開拓したんや、とは「よっしゃん」の大将にもいえない。――しかし大沢は酔うと口が軽いので、「人にいわれへん」といいながら、しゃべってしまっている。「よっしゃん」の常連はみな知ってるようである。この店は、郊外の駅の前にあるので、ここで酒と飯をすませ、ぶらぶらと歩いて帰ると十五分ぐらいでマンションに着く。帰ったら眠るだけだから便利でいい。時に手料理などすることはあるが、じゃまくさいといつも「よっしゃん」になってしまう。揚げものから、イワシの塩焼きから湯豆腐から野菜いためまで、家庭の惣菜ふうなのが何でもできるので、大沢はもっぱら、ここを頼りにする。

ほかにも駅前に店はあるのだが、それらは以前にマスミといっしょにいったところなので、一人で入りたくないのだ。

(おや、おくさんは?)

といわれるにきまってる。

共かせぎの子なし夫婦、というのも知れていて、マスミは三十八だが、ちょっと目立つ女なのである。みな「仲のええ夫婦や」と思っていたかもしれない。いつも二人で飲んで食べて、そこからまた駅前の安いバーへいって、カラオケを歌ったりしていた。

そういう店へ、一人でいってみい、というのだ。

(おくさん、どないしはりました? とんと見まへんなあ)

といわれるにきまってる。

大沢は、

（東京へ転勤になりよってん）

というのも、けったくそ悪いのであった。マスミは広告会社に勤めている。東京は人も多いやろうに、何もこっちの人間を連れていくことないやないか、と大沢はマスミの会社の方針に腹をたてているのだが、マスミのほうは「業績がみとめられた」「腕を買われた」と嬉しいらしいのだった。

大沢はマスミの仕事の内容も、妻の能力のほどもよく知らない。説明されても、（マスミの説明がまずいせいもあるが）もひとつ、のみこめない。大沢は小さい会社のサラリーマンである。

はじめ勤めていた会社が倒産してから、人の口ききで、プラスチックの成型の会社へきた。いつのまにか、十年勤めている。社員二十三人という小さい会社で、社長の娘婿が専務をしていたりしているが、居り辛いというような職場ではない。大沢は酒を飲まなくても如才ないほうなので、営業を任せられている。経理にハイ・ミスが一人、そっちは専務が押えていて、小さい会社だから春秋の運動会も家庭的だった。何となく身幅に合う、というか、肌に馴染《なじ》んで、「親爺《おや》っさん」といいたいような社長と、わりに切れる専務の下で働いてきたわけである。大沢はべつに子供がなくても淋しいと思わなかったので、マスミと共ばたらきをして、折々は、彼女が、

「今日はもう、食事の支度するの、いや」

といったりすると、帰ってきた匆々《そうそう》でも、また靴をはいて、

「いこいこ。外で食べよ」

といったりしていた。

安いものをおいしく食べ、大沢が、

「ちょっと、歌《うと》ていこか？」

というと、

「もちろん！」

とマスミもカラオケ好きだった。大沢は演歌だが、マスミは松任谷由実の歌なんか歌う。ついていけない。しかしマスミの声は澄んで力があるので、大沢は好きである。

大沢もマスミも子供がいないせいか、人にも若く見られ、気分も若いように思う。大沢は専務や、古くからいる現場のおっさんが、子供の嫁入りや入試やと心労しているのを、遠い人ごとのように聞いていた。

マスミも子供をほしがらなかったので、双方そろって、いささか、

（極楽とんぼなんかもしれんなあ……）

と大沢は思っていた。

「子供居らんでよかったなァ。気楽でええやないか、今日《きょう》び、家庭内暴力なんかやられてみい」

と大沢はいい気分で妻にいい、クリクリした小さな顔のマスミはショートヘアのあた

まをふりたてて、

「そうよン」

と甘い声で強調していった。大沢は、子供のいないせいばかりでもないが、自分は若いころの心持のままであるように思う。

いつのまに、四十になったのかさっぱりわからない。子供がいないと人生の節目がツルンとしているので、年齢をかみしめる機会がない。

どうもそれは大沢の生れつきの性格からも来ているらしい。大人になったのはどこの誰でっか、というように、内実は、

「キョトン」

としているところがある。

もちろん外目には、結構働きざかりの中年にみえ、「大沢ハン」「課長」と重々しそうにいわれ、大沢自身もそんな風にうわべをつくろっているが、ほんとは、

（……オトナやないなあ、オレ）

と省察している。オトナとはどういうのをいうのか、と聞かれても大沢は困るが、子供もなくマスミといまも惚れ合って、仲よくカラオケバーへ、

（いこか？）

（いこ！）

というような幸福を享受している、これはどうも世間のオトナのせぬことらしい、と

思えてきた。大沢はどことなく不安なような、しかしまたさすがに四十すぎると図太くもなり、

(ええやんけ、これでこっちは満足しとるんやから)

と居直ったりして、どこやら座標軸のさだまらぬ人生であるのだ。そしてうわべでは、分別ありげに商用の電話をかけたり、判コを押したり、

「見積書持っていったか？　まだ？　何しとんねん、向う、せいてはるデ！」

と若い衆を叱ったり、している。

つまりそういう風に人生に満足しきっていたのに、突如、マスミが、

「東京へ行かんならんかもしれへん」

と言い出してから生活のサイクルが狂ってしまった。マスミはいそいそしている。

「一週間に一ぺんは、どうせ連絡やら仕事の打合せで大阪へ帰るから、その日は家にいるし……。ええでしょ」

とマスミはいう。大沢はすっかりそのつもりになっているマスミに機先を制せられて、

(やめとけ、そんなん)

という折を失ってしまった。

マスミが荷造りしているあいだ、大沢は不機嫌であった。大沢はそこもオトナでないところなのか、マスミの転勤を承知した時点で想像つくはずなのに、マスミがどんどんと荷物をこしらえるのを見ていると、

（おいおい、これは夫婦わかれやないか）

と今更のように狼狽してしまう。

「1DKやから、たくさん持っていかれへん」

「そんなマンション、いつさがしてん」

大沢はありったけの不機嫌を示していう。

「会社がさがしたの。いわなかった？」

「聞いてない」

「便利なところだって。下北沢だって」

知らんがな、東京の地名なんか。

「三カ月やったら、たくさん持っていかんでもええやろ」

「でも、どうなるかまだわからない」

とマスミはその時点で、すでに長期になると見越していたようである。

「でも土曜には帰りますから」

「メシはどないしてくれるねん」

「一週間分の、つくっとくわ、冷凍庫へ入れたら大丈夫やから」

マスミが出発した晩、大沢は会社から帰って来て冷蔵庫をあけてみた。共かせぎ夫婦なので、冷蔵庫だけは大きいのを買っている。マンションを買うことも要らん、といって、家にもほかのもちものにも欲はない大沢とマスミなのであるが。

冷凍室には「金曜」「水曜」などとメモを貼った、何やら知らん物体が入れてある。今日の分らしい水曜というのを引き出すと、まるで服用薬の説明書のように、

「これを解凍してホーレン草といためる」

などとあり、大沢はあほらしくなってすぐまた冷蔵庫へ再び抛《ほう》り込み、廻れ右して駅前へ出かけていった。

といってもマスミと一緒にいった店はいやだ。「おくさんは?」と聞かれるのが煩わしい、という以上に、大沢はただいま、やるせなくて淋しいのだ。

そうだ、淋しいのだ。

大沢は、大阪弁でいう「アマエタ」なのである。四十になっても淋しいものは淋しいのだ!

(おのれ、おぼえてけつかれ、何がオナゴの単身赴任じゃ、くそ、ようも亭主一人抛っていきやがって)

今ごろ妻は、新しい同僚たちに、きらびやかな東京のネオン街を案内され、酒でも飲んでいるかもしれぬ。大沢には「水曜」「木曜」「金曜」と書いた食糧をあてがっておけばよいと思っているのか。

(宇宙食みたいなもん置いていきやがって)

むっとした勢いで、元気をつけてはじめてのおでん屋の戸を開けると、

「あ、もう終りました」

とおばはんにいわれる。郊外の駅だけに夜は早いようであった。大沢は結局その夜は、ぬくぬく弁当のうなぎ弁当というのを買って来て食べた。ゴムをしがむようなうなぎだが、飯だけは美味《うま》かった。怒り寝入りに寝てしまった。

夜なか、電話が鳴る。たぶんマスミだろうと思って抛っておいた。

翌朝、出勤前にまた電話が鳴る。

「もしもし。昨夜帰ったの、アンタ？　あたしが居らへん、と思《おも》て早速、外泊したんやないでしょうね」

大沢は憤怒で目の前が暗くなる。

「そんなこというのんやったらな、帰ってこい、いうねん！」

大沢はネクタイを締めかけていたのだが、いつか引きむしってどなっている。

「会社なんか、やめてまえ！　くそ、あほんだら！」

電話を叩きつけるように切る。何を隠そう、大沢は泣く代りに怒っているのである。

大沢は今こそ発見する。

彼は淋しがりなのだ。「マスミが居らんと生きていけない」のだ。「オトナやない」のだ。

その夜は駅から出るなり、じっくりと店をさがし歩いた。高価《たか》いトコはあかん、と思う。これからちょいちょい、厄介にならねばならない。酒だけしか出ない店もいけない。腹ごしらえができねば。

そうして、やっと「よっしゃん」を見つけた。ここはたいていのものができる。白い飯も焼きおにぎりも雑炊も食べられる。酒もビールも焼酎もウイスキーもあり、焼鳥もおでんも焼魚もある。三百円で天ぷらの盛合せがくる。

大沢はやや、怒りをなだめられる。

（パック入り宇宙食なんか、食うてられるか！）

そう思い、あれこれ食べて、したたか酔い、焼酎の一升壜を置き壜にして来た。初手から肌が合ったのか、酒が美味かった。

次の晩にいってみると、四十七、八の太った大将は、大沢の顔を見るなり、置き壜をでんと据えてくれた。大沢が見るとマジックで、

「さすらいの男」

と書いてある。

「これ、オレが書いたんか？」

「大将書きはりました」

「ほんまか⁉ 忘れてたわ。大分酔うとってんな」

「ええご機嫌でした」

何ぞいうてたか、と聞きたい気持ちだった。女房《よめはん》がオレを抛っていってしまいよってなあ、ぐらい言ったかもしれない。大沢は酒が入ると口が軽くなる。

もっとも大沢の、そこが可愛げだとみえて、人には好かれている。工場の連中も営業

の若い衆たちも、専務より大沢に親しみを感じているらしい。大沢がぼろくそに叱っても、彼は人に憎まれない。

「よっしゃん」の大将は口少なだが、やはり大沢に好意をもったようであった。店には若い者があと二人いて、キビキビと仕事している。

(男の料理は美味いて。オナゴの作ったもんなんか、食えるか！　オナゴはカスじゃ！)

大沢はいつのまにか、マスミに対する怒りを全女性にすり換えてしまっているようであった。

その夜もべろべろに酔ってしまった。

やっとマンションへ——といっても私営の小さいマンションなのでエレベーターなんかついてない。四階までほとんど螺旋階段のようなヤツをへとへとになって登る。酔ってるときは苦しい。

電話が鳴っている。

玄関のキイをあけるのも、もどかしい。今夜の大沢は昨夜の大沢とちがう。マスミの声が聞きたい。

やはりマスミだった。

「いま帰ったの？　おそいわねえ……」

「マスミイ……。早よ帰ってえな、淋しいねん、オレ」

大沢は泣きじゃくっている。酔いのせいだが、本人はそう思っていない。大沢の心にはいまのところ、マスミしかない。

「こんなんイヤや。マスミィ……。オマエ帰れへんのやったら、オレ会社やめてそっちへいく……」

「淋しがり。あほ」

「淋しがりで悪いか」

「カラオケいって歌《うと》て来なさい」

「オマエ居らへんのに歌うてもおもろない」

「エーと、あと三日で帰りますから」

「あかん！　明日帰ってこい。わかってるな。帰らへんかったら承知せんどォ……」

涙と洟水《はなみず》で顔はめちゃめちゃになって、その晩は泣き寝入りであった。

翌朝また、大沢の出勤前の時間を見計って電話がかかってくる。大沢は二日酔いである。ベルの音がひびいてたまらない。不機嫌な声で「は」と出る。

マスミはなぜかハレバレした声をしている。

「ねえ、朝のキスを送るわよ。お早うさん」

そしてネズミ啼きのような音。

「つまらん電話すな、電話賃高いのに。あほんだら！」

何ふざけとんのじゃと大沢は怒り心頭に発する。今朝の大沢は昨夜の大沢とはまたちがう。男心は天上の風、一瞬一瞬でかわる。大沢はゆうべのことは忘れているのである。

まさかマスミに「オマエ帰れへんのやったら、オレ会社やめてそっちへいく」と泣きじゃくっていったとは夢にも思わない。しかしマスミは咋夜の大沢の言葉と、その可愛げに気をよくして、いい気分で朝も電話してきたのであろう。

会社へいってもまだ二日酔いはなおらない。

（焼酎は酔わんというても、量の問題やな）

などということを発見しつつ、

「近畿商会から返事きたか？　なに？　そんなこと早《は》よ、オレに報告せんかい！　何しとんのじゃ！」

と若い衆をどなっていた。

奥まった席に坐っている経理のハイ・ミスがちらと顔をあげた。三十五、六の色白のちょいとした美人で、長い髪を肩のあたりでカールさせ、どことなくつんとした女である。

「課長サン、このところ荒れ模様ね」

とひやかすようにいう。この女は、あんまり男を怖がっていないようにみえる。というより、何故ともなく、世間にも人間にもタカをくくっているようなところがある。

するとと専務が顔も上げずに机上の書類を見たまま、

「うっふっふ」

と笑った。四十五、六の、背はやや低いががっしりした体つき、髪がまだ黒々としていて、目付きがねっとりした男である。会社はほとんどこの専務が切り廻しており、あの専務はんがいやはるさかい、「昭陽プラスチック」はんは保《も》ってまんねや、と得意先にいわれたりする。専務はんはもともと経理畑出身という話だが、決断力があって商売もうまく、人をそらさない。大沢にもほかの社員にもやさしく、大沢は自分が（オトナやない……）といつも自省しているから、専務のことを、

（オトナやなあ……）

と尊敬気分で見ている。しかしオトナだから好きになるとは限らない。専務はねっとりした目付きで大沢を見、

「大沢くんは若いよってなあ。おくさんと揉《も》めることもあるやろ」

大沢はそのとき（二年前だから）三十八であった。ハイ・ミスと専務はどういうつもりか、声を合せて笑い、大沢は、

（けったいな奴ちゃな）

と思った。

その晩は、「よっしゃん」のあと、あらたなる闘志に燃えて、あたらしいカラオケバーを開拓に出かけた。そして安ビルの三階のトイレット脇の安バー、「ココ」から歌声がかすかに流れているのを耳にとめ、入ってみた。眠そうな目のマスターと、まだ若いママがやってる店で、大沢はそこで早速、マイクを握り、歌を歌っている。大沢はゆうべマスミに、

「オマエ居らへんのに歌うてもしょうない」

といったことは忘れ、上機嫌で、

「ベートーベン作曲の『旅姿三人男』じゃ！」

などといっている。

「ベートーベンでっか、ウチもレベルが上りましたな」

といいながらマスターはテープを抛りこんでくれる。大沢は気分よく唄い出す。どういうものか大沢は戦前の歌謡曲にくわしい。親爺が酒を飲むと歌っていたからかもしれない。その遺伝があるのか、大沢は音感はわれながらあるように思う。いい気持で次々と歌い、「シクラメンのかほり」までいつものフルコースをおさらえして、ダルマの置き壜に、マスターのさし出す黄金《きん》のマジックペンで、

「一匹狼流れ星」

と書いた。

「歌の題みたいですな」

マスターはいった。はじめてだと思って気をつかってくれている。二人で大沢の歌に手拍子を入れてくれる。

（こないして毎晩、手拍子打ってメシ食うとんねんな。これも大抵《たいて》なことやないな）

という思いが、酔った大沢のあたまをチラとかすめる。

（渡世、渡世。プラスチックつくって売っとんのも、酒売って手拍子打っとんのも、み

な渡世。しかしマスミは何や、ワケの分らん仕事のために亭主抛ったらかして出ていきくさって。あら渡世やあらへん、道楽じゃ）

　そう思うが、はじめの晩ほど切実な怒りはうすれている。歌を歌っているうちに発散したものらしかった。その晩は気持ちよく帰って眠り、電話もなかった。マスミのほうでも新しいバーを東京で開拓しているのかもしれない。会社は渋谷で、マンションは下北沢だといっていたが、東京は中学の修学旅行のときいったきりの大沢は、それがどっち向いてるのや知らん、久しぶりにぐっすりと、マスミのことを忘れて眠る。

　はじめてマスミが帰ってくるという夜、大沢は専務にことわって会社の車を貸してもらった。空港へ七時に着くというので、空港から吹田の自宅へは近いだけにかえってタクシーは拾いにくいだろう、と思ったのだ。マスミには迎えにいくとはいってない。ありていにいうと、大沢は一刻も早くマスミの顔をみたいのである。

　あのマスミのキビキビした物腰、機敏な動作、クリクリッと小さな顔によく動く表情、あれを早く見たい。小さい唇をひるがえしてぽんぽんと言葉を機関銃のように発射する、あの小気味よい声を聞きたい、大沢は胸で、

（やっぱり惚れとんのじゃわ。……オトナやないなあ）

　と思いつつ、楽しく空港へ急ぐ。マスミがどんなに喜ぶであろうかと駐車場へ車を置くのももどかしく、到着口へ駆けつけてみると、一部の乗客はもうどんどん出ているらしい。あとはまだ荷物を待っているらしく、思ったより雑踏して、マスミらしい姿はみ

えない。

大沢は十五分くらい待っていたが、そのうち次第に乗客の姿も、出迎えらしい人の姿も散り散りになり、マスミをついに発見することはできなかった。大沢はこれもマスミのせいであるように腹をたてる。

むっとして車を返す。

どこかでいきちがいになったとしか、思えない。スカタンめ、と大沢は自分のことは棚にあげ、マスミを罵る。

マンションへ帰ってみると、マスミはやっぱり先に戻っていた。大沢が空港へ迎えにいってたとは知らないので、

「おそかったわねえ。忙しかったの？……」

といった。一週間見ぬ間に、垢ぬけてきたように思う。マスミの顔はようく知っていたはずなのに、別れているときはどうしても思い描けない。しかし今見ると、（こういう顔やろうなあ、と思うた通りの顔や）と大沢は思うが、自分でも何をいっているのか分らない。

「東京《あっち》で買《こ》うてきたのよ、エビのコキールと、ミートパイ。いま、スープ暖めてるからすぐ御飯にします」

マスミは大沢のむっとした顔付を、空腹のためと思っているらしい。

「そんなん、あとでええがな」

大沢はいそいで服をぬぐ。

「早よ、来い、て――」

「スープのガス止めるから……」

「スープなんか要らん。マスミあったらええねん」

「アホ。日本一のアホや、アンタは」

「アホに連れ添うもん、よけいアホじゃ」

マスミのお臀《いど》の冷たさまで可愛い気がする。

「ほんまはな、いま空港へ迎えにいっとってんで」

言わんとこ、と思っていたのに、上機嫌になると口の軽い大沢はつい、しゃべってしまう。

「いきちがいになった。なんてスカタンや、オレ」

しかしマスミには、大沢が迎えにいった、というのは、どんな愛撫よりうれしいらしくて、骨細の白い軀《からだ》に仄かに朱みが射し、大沢の頸に両腕をまきつけて、彼の耳へ、

「会いたかった、ほんというたら」

と息をふきこんだ。

三十分後、二人はガーリックトーストやミートパイを食べながら、

「忙しィて、忙しィて。さすが、東京の忙しさは大阪と質がちゃう、思《おも》たわ」

「ふーん」

などとしゃべっていた。

「それにすごい競争やねん。足の引っぱり合い」

「ふーん」

「負けてられへん、思《おも》たわ」

マスミは本当にそう思うらしい。大沢は淋しい。

「負けたってええやないか、ソコソコのとこでええやないか」

「そんなわけにいかないのよ。ソコソコやナアナアですめへん世界です」

「ウチの会社はそれですましとる」

「プラスチックの型押しとはワケがちがう」

マスミは冗談でいったのだが、

「なン吐《ぬ》かしけつかんねん、どんな仕事か知らんけど、足の引っぱり合いして赤目吊ってまですることないやないか、亭主抛ったらかしてまで……」

と大沢はいってしまう。

「何さ、アンタ、はじめにあたしが東京へ行くかもわからへん、というたときに、アカン、って反対せえへんかったやないの」

「反対していうこと諾《き》くオマエか」

「今になってそんなこといって……」

「いったいどんな仕事しとんのじゃ！」

「何べんもいうたやないの、広告代理店というのはね、つまりいうたらナショナルならナショナルが、広告しようと思うものを……」

「ナショナルの話なんかしてへんわい、オマエのことというとんじゃ！　東京へいって何さらしとんのじゃ」

「ひどいコトバ。アンタも泣き泣きでも大学ぐらい出た男でしょ、口をつつしみなさいよ」

「どうせプラスチック屋の使い走りや」

どうもいけない。

大沢はケンカするつもりではなかった。

マスミが仕事に心を集中して、大沢のことをあまり考えてくれていないらしいのが淋しいのだ。東京の水は甘いか、浪花の水は苦いか、なんでそない、東京がええねん、あほんだら。浮気したるぞ。大沢は真剣にそう思う。

「アンタねえ、少し趣味持てば？」

とマスミは思いついたようにいった。

「持っとるわい。酒じゃ！」

「うん、それもいいけど、さ」

マスミは大沢に逆らわぬようにしているらしい。

「ほら、アンタの先輩の、誰だったっけ、この近くの人で趣味の多い人。奥さんが塾の英語の先生してはって、子供さんのいないご夫婦で……。プラモデルやら、日曜大工やら、編物やら、川柳やら、ずいぶん趣味の多い、っていうかた、あったんやない？」

「三好」

性素直なる大沢は、マスミにきかれると、自然に返事してしまう。

「そうそう、三好さんみたいに、何か趣味みつければどう。麻雀とお酒のほかに、一人でコツコツできるものとか、出来栄えをたのしめるもの、とか……」

「そんな気にならへん」

「気がまぎれてええ、と思うけどな」

「……」

「三好さんのところへお話をうかがいにいったら？　きっと、これならやってみたい、というものがあるかもしれない」

「……」

「川柳なんていや？」

何が悲しィて、フッウにいうたらすむ言葉を五七五に限定せねばならんのだ。

「編物なんかどうお？　男の人の編物って面白いと思うな。あんがい新感覚で」

プラスチックの型押ししてるほうがまだマシや！

マスミは自分のいない間隙を、そういうつまらんもんで埋合せさせようとする。

簡単に、パズルみたいに埋合せできると思ってんのか。

大沢は何ともしれぬ憤怒でハラワタをどす黒くする。といって、マスミに「会社なんかやめてまえ！」とどなれないのは惚れた弱味だろうか。

結局、あんなに楽しみにしていたマスミの帰宅はケンカ別れのようになって、マスミは月曜の朝は大阪支店へ出社して仕事の打合せをし、そのまま東京へいくという。

（勝手にせえ）

バーイ、といって出ていった。一週間も会われへんのに何が「バーイ」じゃと大沢は、何かにつけ、むしゃくしゃする。

しかし夜、マンションのある駅へ下りるとにわかに活力が出て来、「よっしゃん」へはいって「さすらいの男」とサインした置き焼酎を飲み、イカのゲソ焼き、玉葱のフライ、イワシの塩焼きなどで快く酔って、のり茶漬でしめ、ついで「ココ」で「一匹狼流れ星」の置きダルマを飲みつつ、

「ショパン作曲『旅姿三人男』や！」

というころにはもういいご機嫌になってる。

「作曲者が毎度変りまんのやな」

眠そうな目のマスターが言い、

「その日その日の出来心じゃ！」

というころには完全にマスミのことを忘れている。

そのうちに、ある晩テレビを偶然見ていると、男がワイシャツの腕まくりをして、ネ

クタイをワイシャツの前立にねじこみ、料理をしてみせている番組があった。男のことだから野菜の切りかたも大ざっぱで、分量も「ざっとでいい」などといっている。しかし出来上った炒め物や煮物を見ているとおいしそうで、大沢は意欲をそそられた。

あれなら出来るかもしれへん、と思う。

やってみたくなった。

材料をおぼえておいて、会社がひけてからバスで駅を乗り越し、三和市場へいく。会社は尼崎《あまがさき》の浜の工場地帯にあるが、「尼《あ》崎《ま》の三和」というと大きな市場として、阪神間にも有名である。

大沢は野菜と肉を買った。

そこで、会社のハイ・ミスに会ってしまった。

「あら、おくさんがいらっしゃらないので自炊ですか？」

と意味ありげに笑う。何となく擦り寄ってくる感じの女なので、大沢はハイ・ミスを見るとき、いつも斜《はす》かいに身をよけるような、眩《まぶ》しそうな目になる。それにしてもマスミが居らぬことをなんで知ってるのであろうか。このまえ会社の車を借りたとき、仕方ないから専務には簡単に話したが、この女は専務から聞いたのかもしれん、そうするとこの女と専務は怪しいのであろうか。

大沢はあたまを振る。

マスミがいないせいか、すぐ、そっちの方へ連想が働いて、どうもいけない。

大沢が予想した通り、料理もやってみると、食べられるものが作れて、ちょいとした楽しみが出来てきた。もう連日「よっしゃん」へいかなくても、缶詰の鮭缶と白菜をたいてみたり、焼きそばをつくったりぐらいはできるようになった。人恋しいときは「よっしゃん」と「ココ」へいく。そうこうしているうち、土曜日になり、マスミが帰ってくる。大沢のたまった洗濯物を片付けたり、掃除したり、してくれる。

それなりに生活のサイクルができたころ、

「ごめんなさい、次の土曜日はどうしても帰れないの」

とマスミの電話がかかってきた。大沢は久しぶりでカッとする。マスミは東京のマンションからかけているらしく、野放図に、

「それにあたし、どうせいま、アレやし」

「そんなこというてえへんわい！」

大沢は腹が立ってマスミがそばにいるものなら首を絞めたくなる。こっちはマスミの顔が見たいだけなのだ。（いや、顔を見れば更なる欲求が出るかもしれないが）そばに居らぬ、これが淋しいというてるのだ。この淋しさが何で分らんのか、ええわい、どうなとしなはれ。土曜日だけを楽しみに働いて来たのに。

大沢は電話を切り、するとまた電話が鳴ってるが、もう出ない。大沢は頑固なのだ。

「よっしゃん」へ行って、もう焼酎の置き壜はこのごろしない、ここで二級酒をやりつ

つ、（最初に甘やかしすぎた……はじめにガンと反対すればよかった）などと考えているのである。

マスミが東京へいってからもう二年たってしまった。この頃は金曜の夜帰ってくることもあり、土・日と二日を過してくれるので、かなり気分はおちつくが、しかし腹の立つのはそういうあとに限って、「ごめん。今度の土曜日は……」という電話がかかることが多いのだ。点数を稼いでるつもりなのか。

二週間マスミを見ないと、大沢は平素やりつけない省察を強いられる。

（夫婦て何やろか。男と女がいっしょに住むて、どういうことやろか）

マスミの顔も忘れそうな気がする。大沢は人一倍さびしがりなのかもしれぬが、女に仕事を持たせぬ法律をつくってほしいと思う。

よくせき無聊《ぶりょう》な日曜、（もちろんマスミの帰らぬ日である）大沢は安ウイスキーを一本下げて、三好の家へ遊びにいった。何やかやいっても、マスミの言葉があたまに引っかかっているとみえる。

三好は、高校・拳法部のときの先輩である。私鉄マンで、旧式な古い団地の三階に住んでいる。

「何でんねん。これは」

と大沢は通されておどろいた。三好の机上にも畳の上にも、さまざまの型の埴輪《はにわ》の模型が並んでいる。

「まさか、ホンモノやおまへんやろ？」

「ホンモノが手に入るかい。これは各地の土産品やが、研究用に蒐《あつ》めてきたんや。みなそれぞれ実物の縮小やさかいな」

三好は背のひょろ高い、頬骨と顴のつき出た、鼻のいかつい、口の大きい、いうならフランケンシュタインの縮小、というような怪物的風貌の男であるが、人柄がよく、大沢は好きである。会社の専務のように、切れ者だが、何を考えてるかよくわからんというところはない。多趣味なだけに話題も豊富で、活力がある。

「君、この埴輪は、立体的な象形文字や、いう人あるねんデ」

「へー」

「日本に古代、絵文字あったいうの、知ってるか」

「知りまへん」

「銅鐸《どうたく》や埴輪に刻まれた線が文字や、いうねん。そのうち、埴輪がそもそも、立てられた文字やないか、いう説になった」

「看板みたいなもんでんな」

「そや。御陵のまわりにぐるーっと埴輪立てて、それがちゃんと碑になっとった、というう説やな」

「そら、わかり易うてよろしな。遠くからでも読めるし」

「当時の文字は外国から入ってくるがな。一般の庶民、読めるかい。それで彫刻を立てた。これは先頭が馬牽《ひ》く武人埴輪やろ」

「はあ」

「この千葉県の古墳は、埴輪の配列が昔のままに出土したんで有名なんや。その次に足のない武人埴輪が三体。荷を負うてる男。つづいて女二人。琴を弾いてる男。壺を頭に持つ女。入母屋《いりもや》造りの家形埴輪、切妻の家形、円筒が三つ、とこういう順序や。これで文句になってるという説や」

「フーン。どない読みまんねん」

「馬を牽いてるのはウマカイやそうな。足のない武人三人。武人はサキモリで、下がないからサキ。それが三人やからミサキ」

「こじつけみたいやなあ」

「そらわからん。こじつけやと思うことでも太古はホンマやったかもしれん。荷を負う人はオイヒトで、オヒト。女二人はフタメ。琴を弾く男はそのままコトヒキと読ませる。壺を頭にのせる女はタカツボ。入母屋造りはミヤで、切妻の家はスマウ。三つの円筒は円筒一つが十年を示すとして三十年……」

三好はしゃべりつつ、机上の埴輪を指し、

「ウマカイ、ミサキノオヒト、フタメ、コトヒキノ、タカツボノ、ミヤのとき、スマウことミソトセあまり……」

「そんなコトバになりまんのか」

「まだある」

三好はうずたかく積んだ本の中から一冊を抜き出す。

「この銅鐸の線、これが日本の古代文字のはじまりでな。この人形《ひとがた》はオオキミや。神戸から出土してる。これは刀剣の銘よりおもろい研究やデ。大沢もやれへんか、これは奥ゆき深いわ」

「そんな研究、おまんのか。中国から千文字が渡ってくる前に……」

「そやがな。これがうまいことといったら、ロゼッタ・ストーンのシャンポリオンになる」

まさか、こういう趣味を押しつけられようとは思わなかった。三好はいまは古代文字に夢中のようである。大沢は三好に「古代日本の絵文字」という本を、

「まあ、読んでみいや、昂奮するから」

と押しつけられ、何となく憮然《ぶぜん》として帰ってきた。どだい三好という先輩は、何でも新しい趣味に没頭しはじめたはじめは、

「奥ゆき深いわ」

と興奮するクセがあるようである。

それでも次の日曜にマスミが久しぶりに帰ってくると、大沢は、

「おい、こんな本、知らんやろ」

と見せびらかした。

「オレかて酒ばっかり飲んでェへんぞ」

それは、マスミのことばっかりにかまけてるのではないと、言外に含んだつもりであったが、マスミはチラと一べつをくれただけで、

「あのね、実はあたしも見せる本があるの。今まで黙ってたんは、アンタをびっくりさせよ、思うて」

「何やねん」

「本、出したの、あたし。出版社の人にすすめられてね」

女の写真が表紙にある。まさにマスミの顔である。

「何や、どういう意味や、この題は」

大沢はわめく。

「『夫のわすれかた』とは何や」

「お遊びやないの、アンタ」

といそいでマスミはいう。

「あたし、『ランラン』や『メンメ』に頼まれて短い雑文書いてたら、それ、少し長くして書いて下さいって頼まれて。出版社はなるたけセンセーショナルなタイトルつけたがるし、こんな本になったけど、ほんとのお遊び――」

「何いうとんのじゃ」

大沢は本を手にとってみる。電車の中で若い娘たちが手にしていそうな装幀で、本も

薄っぺらだが、中身もたくさん空白があって、風通しのよさそうな本だ。大沢は目次に目を通す。

「夫のわすれかた。

その一　結婚指輪はタンスの底深く。

その二　自分だけの電話帳、自分だけのアドレスブックをもちましょう。

その三　夫の意見より自分の意見をいう習慣を。

その四　お昼に夕食のオカズを買いこんだり、夫に電話したり、生活臭をたてるのはやめましょう。

その五　女、一歩家を出れば独身。

その六　自立の手はじめ。旅は一人で。たとえ地下鉄でさえも。

その七　市内の地理、交通機関に強くなろう！　夫の送り迎え、タクシーの利用は百害あって一利なし。

その八　夫をるす番に慣れさせよう……」

「何じゃい、これは……」

「ユーモアなのよ、アンタ、これ読んだら東京の子ォみんな笑うわよ、誇張よ、ね、わかるでしょ」

「わかるかい。オレはな、こんな下らんもん書かせるためにこっちで不自由な暮し、しとんのんちゃうねん。何が本出した、や。便所の紙にもならへん。こんなもんより『ウマカイのナンヤラカンヤラ』の古代文字の方が、まだ奥ゆき深いわい！」

　大沢は腹立ちがおさまらない。

　二週間も帰らへん、と思たら、こんなもんこしらえとったんか、しかも選《よ》りに選《よ》って「夫のわすれかた」とは、ヒト馬鹿にしとるやないか……。

　大沢はたけり狂っている。

「マジなヒトねえ……」

　マスミはあんまり大沢がたけり狂うので、白けた顔になった。

「本気に怒ってんの、冗談で怒ってんのか思ったら……」

「阿呆ぬかせ」

　大沢はマスミと心が通い合わなくなったのではあるまいかと絶望感にうちひしがれる。

　大沢が二年のあいだ淋しさを必死に怺《こら》えていたのが、ちっとも通じてない。

　ふと見ると、本の著者の名は「小沢リイ子」となっている。

「これ、ヒトの名前になってるやないか」

「うふ。それ、ペンネームよ。だって大沢マスミなんてもっさりした名じゃ売れないんだもん」

　マスミは言葉も東京風になっている。

「さよか……」

　大沢はすべてにわたって不満である。二年でこんなことになるなら、三年四年とたったら、どんなことになるか知れない。そうか、マスミは小沢リイ子やたらいう、小便《しょんべん》くさい歌手みたいな名前でええ気になって羽のばしとったんか。

小沢リイ子なんて、もう大沢の好きな女ではない。大沢が待っていたのは、マスミなのである。

何で大沢という名前がいかんねん。

何でマスミという名前がいかんねん。

大沢はやりばのない腹立ちと悲しさで胸がイッパイになる。

「ねえ、あたし東京でしか流れへんかったけど、テレビに出たこともあるねん」

テレビなと漫才になと出たらいいのだ。

それは小沢リイ子で、もはや大沢の好きな、待ちかねていたマスミではないのだ。

マスミは不機嫌な大沢に触らぬほうがいいと思ったのか、小さな風呂へ浸っている。

小さいマンションだから、マスミのたてる湯音も手にとるようにひびく。

湯を使う音のあいまに、マスミの歌声もきこえる。

それはしかし、聞き慣れた、マスミの持歌の松任谷由実の声ではなくて、大沢の全く知らない、新しい歌である。

大沢の知らぬうちにマスミの別な生活は展開していたのだ。

大沢とマスミの生活は、もう幕が下りたのかもしれない。大沢は泣きたくなってくる。

マスミに未練を感じているのと同じ分量で、憎しみを感じている。しかし憎しみは愛の裏返してである。

大沢はそっと部屋を出る。今夜、いっしょにマスミといたら、

（おい、もうこんな生活、止めよやないか。オレかて「夫のわすれかた」、ちゅうような本書くオナゴといっしょに居とうない。……いや、考えたらそやったなあ。何もいっしょにおらへんかった。今でも別居やもんなあ）

と皮肉ったらしく笑ってるにちがいない。

そうしてマスミが売られたケンカは買わねばならぬとばかり（そういう女だ）言い返すと、もう取返しつかぬことになってしまうかもしれぬ……。

いつかはそのときが来るだろうが、せめてもう何カ月か、先へ延ばしたい……。

大沢は会社へいって寝ようと思った。工場に仮眠室があるのだ。

住み込みのおっさんの姿はなく、事務所にあかあかと灯がついている。

残業でもしているのかと何気なく入ろうとして、大沢は女の金切り声に立ちすくむ。

ハイ・ミスと専務である。

「約束がちがうやないの！」

とハイ・ミスは叫んでいる。

専務は眼に憎悪をみなぎらせ、唇を引きむすぶと、つと寄ってハイ・ミスの頬っぺたを音高く撲《なぐ》った。

ハイ・ミスは髪をふり乱し、口をゆがめ、

「奥さんに……奥さんにいうたる！」

専務は呆然としている。さっきの一瞬の憎悪はかき消え、あの（オトナやなァ……）と大沢の尊敬していた、しっかり者の、切れ者の専務の瞼が赤くなった。泣いてる。

それを大沢より早く見てとったのは、むろんハイ・ミスのほうである。

彼女は専務の胸にとびつき、顔をつけてむせび泣きはじめた。

「すまん。……痛かったか。堪忍してや」

と専務が鼻声でいい、泣きながらハイ・ミスの髪を手で梳《す》いて抱きしめている。

他人のそういうシーンを、テレビドラマでなく、ナマではじめて見た大沢の感想としては、

（……渡世やなあ。これも）

ということだった。

道楽やあらへん。

みな、真剣に渡世のみちに励んでる。

大沢はそっと事務所をはなれる。

マスミを放したくないと思うなら、大沢のほうが、いまの会社をやめて東京へいってもよい。

べつにどっちへ帰れ、どっちへ来い、ということあれへんねん。

マスミを放しとうないだけや、と思うと、大沢は、夢がまた開いたような、そのくせ、

どこかとぼとぼした足どりで歩き出した。

参考「古代日本の絵文字」大羽弘道著、秋田書店刊

ちさという女

秋本ちさは、私の課の名物女だった。

ちさは三十二で、課の女の子の中での最古参である。

仕事はよくできて、頼もしく、女親分のようなところがあった。声が大きくてあけっぴろげで、部屋の中でも電話口でも遠慮なく、

「アハアハ……」

と笑った。

声が大きい、といま私はいったけど、ちさの口も大きかった。

いや、鼻の穴とか、顔全体、それに手も足も、お臀《しり》も大きかった。胴まわりもゆったりとしていて、背も百六十センチあったから、どっしりした感じであった。

それは全く、若い女の子の中におくと、

「オバサン」

という感じを与えた。

ほかの課にも三十すぎた女子社員はたくさんいたが、そんな感じを与える人は一人もなかった。三十を越したハイ・ミスはみな、すらりと粋《いき》で、ちょっとばかし皮肉で、適

度に意地わるで、神秘的で、美しかった。

しかし、ちさには神秘的なところも粋なところもなかった。醜女《しこめ》としかいいようがない。がらがら声でモノをいい、どすんどすんと踵《かかと》の低い靴をひきずって歩き、課長の前でも平気でポケットに手をつっこんで物怯《ものお》じせずしゃべった。

課長どころか、何しろ古顔なので部長でも対等にしゃべった。

得意先の人とも、隣のオジサンにものをいうように、がらっぱちにしゃべった。

「漫才的リアリズムでしゃべりよンな」

と、工藤静夫《くどうしずお》がかげで笑っていたが、ちさはそれが好みなのか、

「へー。さよか」

とか、

「知りまへんなあ」

などという大阪弁を使うのだった。男たちは、若い子でも商売用にそういう大阪弁を使うが、女の子で使う者はいない。女の子の言葉にはアクセントや語尾変化にわずかに大阪弁がのこっているだけで、古い落語にあるような大阪弁は死語になっていた。

それでちさが、電話口で大きな声で、

「あきまへんなあ。在庫おまへんで」

などと男のような大阪弁をしゃべっていると、よけい目立つのだった。

私はちさが、どういう効果を期待して、そんなしゃべりかたをするのか、わからなか

った。

私には、そういう言葉は美しく聞こえなかった、女の場合は。

これが若い、張り切った青年で――たとえば、工藤静夫みたいな――仕事に打ちこんでいるような男なら、そういう大阪弁は、弾力あって歯切れよく、いきいきした感じで好《この》もしく聞かれるのだけれど。

でも、ちさが使うと、何だか相手を小バカにしたようにひびくのだった。

それでも、ちさは別に小バカにしているわけではなく、仕事には熱心だった。

私は、ちさはちさなりに、自分の年齢化粧をしているのだろう、と考えた。私の思うのに、二十六、七からさきの女は、もうあるがままの自分ではやっていけなくなる。

こういう女になろうと、自分に似合わしく設計して少しずつ、それに近づくように矯《た》めたり、修練したりしてゆく、それを、私はひそかに、

（年齢化粧）

とよんでいた。白粉《おしろい》や口紅の化粧だけでなく、

（どういう感じの女になるか）

というのを、いつも考えていなければいけない、と私は考えていた。私は二十七だったから、もうそろそろ、年齢化粧をはじめる心組だった。

ちさが、私と同じように考えているかどうかは知らないが、でも、私の見るところ、としがゆけばゆくほど、がらがらした風情《ふぜい》になり、男を男とも思わず冗談をいったりし

ゃべったりし、あけっぴろげになったのは、自分の資質にいちばんふさわしいタイプを撰択《せんたく》した結果だとしか、思えない。

三十すぎた女は、どの女も、うかうかとすごすはずはない。自分のおちつき場所を、無意識のうちに探っている。独身で年を重ねてゆくうち、女は自然に、自分の甲羅に合う穴を掘ろうとする。

優雅に、年輪を感じさせてシックな女のイメージを心がける女や、必死で若づくりして年をかくす女や、戦いを放棄したという風情で、化粧をやめてしまって、気の毒なほど額のシワや、口の両脇《りようわき》のシワをよけい深くする女。

ちさは、むしろ防禦《ぼうぎよ》よりも攻撃に出て、目立つ「オバサン」になることで、ハイ・ミスのコンプレックスをふきとばそうとしたのかもしれない。

課の中では、二十七の私が、年齢順にいってちさの次である。あとはぐんと若く、ハタチ前後になる。

ちさは、私と連れ立っているのを好んだが、正直、私は、ちさの友情が迷惑だった。小さな黒い眼は小りこうにチロチロうごき、私のことなら何でも嗅《か》ぎまわりそうにするちさ、押しつけがましい説教癖（それは女親分ふうの頼もしさと一体の、うらおもてになっていて、何か失敗でもしたときは、ちゃんとあと始末をし、かばってくれて好都合なのであるが。尤《もつと》も、私も今日《きよう》びはベテランとなり、ちさに庇《かば》われることもなくなった）、ちさの人生観、すべてきらいだったのだ。

　ちさは、金銭に執着が強かった。

　ＯＬをしているのは、ひまつぶしのためで、

「ぐうたらぐうたら一日出てたら、給料、くれはるねんから、ＯＬぐらいありがたいもんはあらへん」

　というのだった。

　ちさは、働かないでも食べていける結構な身分なのである。洋裁店や喫茶店を人にやらせたり、アパートを経営したりしていた。両親はないが、兄や姉や弟とは、遺産相続のときもめて、絶交状態になっていて、ほんとの一人ぼっちで、豪奢《ごうしゃ》なマンションに一人、住んでいた。

　以前は、自分の持っているアパート（それは親から遺産として分けられたもの）の一室にいたのだが、最近、マンションを買ったのだった。私は、以前のアパートなら、いっぺん行ったことがあったけど、今度のマンションは、見たことがなかった。

　時折り、ちさが自慢げに、

「本革のソファを買《こ》うてん。長年の夢やったから。イタリーもんやねんよ。ごっつい値《ね》エやったけど、やっぱり、ホンモノはちゃうわァ。白い革なんよ」

　とか、

「サイドボードも白革張りなんよ。二百万したわ。ばかばかしかったけど、何しろ、一

生もんやからねえ。家具だけで一軒、家が建つくらいよ」

などというのを聞いて想像するだけだった。

ちさは、金貸しもしているらしかった。会社の人間にではなく、商売をしている人々に貸していて、半分プロの金融業のようなこともしているらしかった。

「しょうむない商売するより、タシカなとこ相手なら、金貸しが一ばん確実やよ」

と、私にささやいたことがあった。

「お金は貯《た》めときなさいよ。お金しか、たよるもん、あらへんねんから」

ちさはいつも私に、そういった。

ちさは、親切でないとはいえないのだった。

私に有利な利殖法を倦《う》まずたゆまず教えた。

株や定期の話を教え、

「わるいこと、いわへんから」

と哀訴するように、信託がどうの、公債がどうの、と教え、最後にいつも、

「心斎橋から戎橋《えびすばし》、端から端までずーっと歩いてみ。五円かて落ちてェへんねから。金いうもんは、細《こま》こう、地道に稼《かせ》がな、しようがないねんから」

と、こんこんと私に諭した。

私はちさの話を聞くたび、気が滅入《めい》った。

私は、自分なりに人生の設計をしているつもりであった。

二十五歳すぎてからは、

（いつまでも若くはないんだ。年をかさねる心がまえを持とう）

と思い、子供っぽさをぬけ出ようと考えていた。この先、何年つづくかわからない、

（あるいはふっと結婚するチャンスがおとずれるかもしれないけど）独身時代を、優雅なおとなの女の季節にしようと、いろいろ考えるのが好きだった。

でも、ちさはそれを通り越して、一足とびに老いの季節を想定しているのである。

「お金の値打も下るかもしれへんから、土地とか宝石とかで持ってるとええねん」

とちさは示唆《しさ》するが、私は興味がなかった。

あるときなど、とても熱心に、

「水尾《みずお》さん、あんた、会社で借金しても絶対買いなさい、これは損せえへんから。——もう、めったにこんな買いもん、ないから」

と勧めるので、私は興味をもち、

「何なの、いったい……」

「金の三つ重ねの盃《さかずき》よ、純金よ！」

三つ重ねの大盃《たいはい》などを買って、どうしたらいいというのだ。

「あほやねえ。お金でおいとくより、ずーっと有利やないの、金の値打はかわらへんねんから」

とちさにいわれて、私は返事もできなかった。

私は小さなアクセサリー類が好きだった。指環《ゆびわ》——といっても、宝石や貴石のはまっているものでなく、ファッションリングというようなものと、お揃《そろ》いのイアリング、ネックレスとお揃いのブレスレット、というふうな。そんなものをいくつも貯め、楽しんだ。

ちさは、

「ムダ使いするねえ……」

と哀れむようにいった。

「そんなもんに金使わんと、ちょっと辛抱して貯めたら、小さい宝石でも買えるのに。やっぱりホンモノ買わんと、しようがないよ」

でも私は、針の先でぽっちりと突いたような小さい宝石に、何十万何百万と払うくらいなら、ひきだし一杯、好きなアクセサリー、手頃の値段のもの、奇抜なのや、愉快なのや、美しい、アクセサリーを買い集める方がたのしかった。私は人生をたのしみたかった。

ちさは、洋裁店を人にやらせている関係で、既製服も、いろんな卸問屋を知っていて、安く買うのが巧みだった。

私をも、そこへ誘ってくれるのだが、安いかもしれないけど、倉庫の中へ案内され、あわただしくえらんで、

「すみませんねえ、どうもどうも」

とあやまりつつわけてもらう、袖《そで》が長いとか裾《すそ》が長いとか思っても、

「そんなん、家で自分で直せるやないの、こんな服が、こんなに安う、手に入るのん、めったにないよ」

とちさに叱《しか》られ、恩に着せられるので、買物のたのしみは、殆《ほと》んどなかった。

私は、ちさにどんなにすすめられても、「安く買える卸問屋」は敬遠するようになった。

ちさは、もちまえのがらっぱちと、人なつこい、初対面の人にもうちとける図々《ずうずう》しさとで、あらゆる方面に、「安く買える卸問屋」を持っていた。

ハンドバッグにしろ、家具店にしろ、電気製品にしろ、化粧品店にしろ。

この化粧品屋さんは、ちさの親類の人だったが、サンプルの小瓶《こびん》や、売出しの景品を、ちさはどっさり貰《もら》ってきて、

「かつて化粧品なんか、買ったことがない」

というのが、ちさの自慢の一つだった。

ちさと私は、仲よしのように会社では見られているが、私のほうでは、ちさが重荷だった。

ちさは、私を友達と思っているかもしれないが、私はもう何年もつき合って、ちさにうんざりしはじめていた。ちさにもいい所はあるが、あんまりおカネおカネというのが、私の反撥《はんぱつ》を買った。

「おカネなんか、べつになくてもいい。おカネはなくても、人生は楽しめるわよ」

　と私がいうと、

「あかんなあ。金が無《の》うては年とって誰も寄りつかへんで。金があればこそ、シシババの世話も、人はしてくれるねん」

　といい、夢もロマンもなく、まだ三十はじめだというのに、老人ホームへ入ったときのことばっかり、いっていた。

「そないいうけど、じっきに、そのトシになるんやから」

　ちさは勝ち誇ったようにいった。

　会社の男たちが、ちさに呆《あき》れながら、すこし畏《い》敬《けい》しているのは、ちさが資産を持っているのをうすうす知ってのことらしかった。

「男の人って、おカネもってる、というだけで尊敬するのね」

　と私は、静夫にいったことがある。

「尊敬する、というよか、関心はあるやろなあ。男で、金はいらん、という奴《やつ》はないから、どないしたら金が殖えるか、ということをいつも考えてる。それに成功した、という奴があれば、男でも女でも、注目するやろうなあ」

「工藤サンも？」

「オレなんか、麻雀《マージャン》でも競馬でも、儲《もう》けたこと、ないよってね。注目する、というよか、うらやましなあ」

「あら、そんなら秋本さんと結婚すれば？」

「悪い冗談はよして下さい。目の前が一瞬まっくらになった」

と静夫はいい、二人で笑った。

「しかし、うまいこと、いかんもんですなあ。ヒロちゃんに、秋本さんの金もうけの才能を足せば、いうことないんやけどなあ」

と静夫は、私の髪を、くしゃくしゃにしてはだかの脇《わき》の下に抱え、笑いながら私の鼻のあたまにキスした。

私と、工藤静夫は、誰も知らないが、一年ほどつづいている仲である。静夫は私より一つ下である。

どちらも親の家にいるので、会うのは、小さな、町のホテルだった。暑いときや寒いとき、せっかく快適な室内から出ていくのはおっくうで、

「朝までいっぺん、このまま寝てみたいなあ」

と言い合うのである。

「一緒に暮らそうか？」

と静夫はいうことがある。

「僕も、ボチボチ、親爺《おやじ》の家、出とうなったし、なあ。アパートでも借りたら、ヒロちゃん、僕のそばに来てくれる？」

「ずーっと？　それとも、時々？」

「それはずーっとの方がいいですよ」

結婚、というコトバはどっちも、用心して出さない。

それよりも、一緒にいて、だんだん好もしさがまさってくる、それを口に出さずお互いに察し合ってるというか、

(あ。こいつ。あたしにマイってるな)

(オレにいかれてるらしい)

などと考えるのが好もしかった。一緒にいて、どちらも黙っててもちっとも困らず、どちらも沈黙の責任をとらなくてもよい、そのことに気付くと、いっそう静夫が好きになるのだった。

うまくもちこたえていけば、このまま結婚にすべりこむことができるかもしれない、同棲《どうせい》から結婚へ、不自然でなく滑っていけそうなものが感じられて、私は嬉《うれ》しいのだった。

――でも、一面、警戒もしていた。

静夫が、今になっても「結婚しよう」といい出さないので、そういうことにこだわらないつもりでいながら、まだどこか、静夫を信じ切れないものがあるのだった。

むろん、私たちは会社でも用心して気取《けど》られないようにしていた。私は静夫に見とれたり、とくべつな口のきき方をしたりするほどのウブな女ではなかった。

知らぬ顔をしていたけれども、でも、めざとく彼を見ていた。彼がきれいに散髪して

きた朝なんか（ウチの会社では、男子社員の長髪と、女子社員の髪を染めることは許されていないから）私はすばやく彼の美しい頸《くび》すじを見ていた。

彼は頸すじに小さい黒子《ほくろ》がある。それは、星のようにみえた。すっきりした生えぎわで、漆黒の髪だった。

私一人の顔を鏡に映していて、私自身も、美しいなあ、と思うときがあった。眼がキラキラして金色に光って、髪は波打っていた。肌が白くなり、白粉はよくのって、しっとりしているのだった。私は自分でも綺麗《きれい》だと思うようになった。

静夫がいるからだ。彼に愛されてるからだ。

課の女の子はみな若いので、自分自身のことばかり考え、ヒトのことに注意を払う子はいなかった。

秋本ちさは、私の動静に敏感であるが、大体、人をホメることのない女なので、じろじろ見ても、けなしこそするが、

「あんた、このごろ、綺麗になったわね。どうしたの？」

なんていわないのであった。

じろじろ見るといえば課長もだが、課長は実直な男なので、冗談もいわない。

綺麗になったよ、とほめてくれるのは静夫だけなのだった。

静夫が私にとって大切になったのでよけい、ちさがうっとうしくなったのかもしれない。

あるとき、静夫と一泊の旅をするために、有給休暇を土曜に取ったことがあった。静夫は出張のかえりに当っていたので、そろって休んで、人に目立つということはなかった。私たちはいつも通り慎重に人目を忍んでいた。

私ひとり土曜日に高山へたち、東京から来た静夫とおち合った。飛驒《ひだ》の高山で、私たちはいちばん上等の宿へ泊った。それも楽しかった。

私はちさと旅行をすることが時々、あった。

ちさの唯一《ゆいいつ》の趣味は旅なのである。

しかし泊るところは必ず、知り合いのツテを求めて会社の保養所だとか、寮だとか、空き別荘なのであった。

「どうせ寝るだけやのに」

というのがちさの意見で、

「旅館ぐらい、ぼるとこあらへん」

といって、ヨソの会社の保養所を悠々とたのしみ、ステンレスパイプとビニール布の椅子《いす》に坐ってセルフサービスの料理をおいしそうにたべるのだった。名所遊覧バスを乗りつぎ、あるいはヒッチハイクして駅へ送られたりする。ちさは、帰りの車中、いかに安上りについたかを夢中で計算し、

「×円もうかった！」

と有頂天《うちょうてん》だった。

静夫と、はじめて旅をして、その楽しさとちさとの旅をくらべるのは、酷薄というものである。

しかし、静夫と二人で、通された宿の部屋の、障子の骨まで春慶塗《しゅんけいぬ》りであったり、典雅な家のたたずまい、次々とはこばれる素朴な料理などを味わっていると、身も心も、贅沢《ぜいたく》な香気に酔い痴《し》れてゆくようだった。

「気の毒ねえ……」

と私はつい、いった。

「あんなにお金をもうけて何がたのしいのかしら？　あたしは、工藤サンがいれば何もいらへんけどな」

「ヒロちゃん、結婚しても、工藤サン工藤サン、いうのか？」

静夫は、おかしそうに煙草《たばこ》の灰をおとしながらいった。

「結婚？」

私はきょとん、とした。

「本気？」

「ああ。もうコソコソしてんの、面倒でなあ——善はいそげ、秋にしようか」

「そんなに急に。式場なんか、もういっぱいよ……」

「そんなら、式はあとまわし、先に新婚旅行してるから、ええやないか。明日はゆっくり、高山で遊ぼうな」

私は静夫の首にかじりついた。べつに結婚しなくっても、こんなに仲よくしていられれば、それだけで私は嬉しいのだった。でも本当をいえば、やっぱり、結婚したいのである。

次の次の日曜、静夫は、私の家へくる、といった。それまでに、どちらも、両親に話をしておこう、ということになった。

生涯で、いちばん嬉しい夜になった。

結婚式の晩だって、これほど嬉しくはないんじゃないかしら。思いがけなかったから……。

「なんでそんなに嬉しいの？」

と静夫はいった。

「そんなら今まで、僕と会《お》うてるとき、嬉しくなかったの？」

「そんなことはないけど」

やっぱり、結婚する、とはっきりきまったら、今までとはちがう。これからは、いつまでも、

「こうしていられるんやもの……」

早い秋の、飛騨の夜はうそ寒かった。暗い町へ出て、町角で二人で、みたらし団子をたべ、土産物屋へはいって、春慶塗りのお箸《はし》を二膳《ぜん》買った。

そのとき、何ということなく私は、秋本ちさのことを思い出した。（こんな人生の最

高のたのしみを知らずに、お金もうけだけして一生終るなんて……）という、しみじみした感懐があった。それは優越感をふくんでいたかもしれない。

それからは、ちさを見ると、何だか、あわれにみえてならなかった。

アハアハという、人もなげな笑いも、腕組みしてしゃべっている恰好《かっこう》も、何だか、気の毒であった。

私はもう、ちさが口すっぱくすすめる利殖の話に、露骨に不快そうにしてみせた。

（あんたとちがうわよ。――あたしは一人で老後の心配をしなくても、ちゃーんと、二人で生きていくんですからね）

という思い上った気持ちがあるのだった。

私は静夫との仲を、そう神経質にかくさなくなった。でも、大っぴらに発表したわけではないので、自分からは言いふらしたりしなかった。

それでもちさの鋭い眼には、異様に映ったとみえて、

「あんた、工藤サンとあやしいの？」

というような聞き方をした。

そのとたん、私には、彼女のことがはじめてわかった。彼女を形容する言葉はただ一語、

「下品」

ということのように思われた。

「さあ。どうかな」

と私はいい、ちさをからかいたくなった。

「でも、工藤サンは、秋本さんが好きやって。尊敬するっていってたわよ」

「阿呆《あほ》なこと、いいなさんな」

とちさは狼狽《ろうばい》して、常になく、まぶしそうな顔をした。

一週間ほどたって静夫の誕生日だった。静夫は、帰りがけ私をよんで、妙な顔で、

「こんなもん、貰《もら》ったよ。どうしよう」

と、見せるのだ。直径三十センチくらいの大きなバースデイケーキだった。ローソクが五つ六つ、パラパラとつき、デコレーションは何か貧弱な感じで、ローマ字で静夫の名が入っているのだった。まるで幼児のためのもののようで、私は笑い出してしまった。

「笑うなよ。弱ったよ。秋本さんがくれたんや。困ったよ」

静夫はほんとに当惑していた。

「だしぬけにこんなものくれて、びっくりさせられるよ。あげる、あげるっていうんや。どういうつもりやろ？　……家へもって帰っても笑われるし、なあ。『SHIZUO』なんての、この年でオレ、こんなケーキ、赤っ恥かくよ。せめて、酒でもくれればなあ……。秋本さん、知り合いに菓子屋がいて、ほんとなら、これ、三千円するんやけど、とくに千五百円で作ってくれた、っていうんや……そんなもん要らん、ともいわれへんし、いやァ、弱った、弱った……。何のためにくれるのか分らんよ」

私は笑ってるうちに、ふと、ちさに、女としての親しみを感じた。私がちょっといたずらにいった言葉に、ちさは、心動かされたのかもしれない。

「千五百円ねえ……」

おそらく、むだづかいしないちさには、大変な出費であろう。

「ＳＨＩＺＵＯか……」

菓子屋の前で、紙にそう書いて頼んでいるちさの姿を思い浮べると、私は、はじめて、ちさをかついだことが胸いたく思われた。

静夫と結婚して、三歳の男の子がある今になっても、私は、ちさのバースデイケーキを思い出すと胸いたむ。ちさにしみじみした思いを持つようになった。

どこがわるい

はじめておたよりします。

三十三歳の主婦でございます。

原田利子《としこ》、と申します。三歳上の夫、始《はじめ》と、小学四年のノボルという男の子がおります。

先生、今日、私が手紙をかいて身上相談をしたいと思いますのは、何も、私一人の悩みからではございません。

大きくいえば、天下国家のため、全人類のためでございます。

つまり、社会道徳や、人倫の大道を正さんがためでございます。

先生。

このごろ、いろいろに社会はうつりかわり、秩序も規律も、人々は屁の河童《かっぱ》で、乱れ放題に乱れていますが、でも、やっぱり、根本の所はかわっていませんでしょ。

スカート丈や流行色が変っても、人のミチや道徳がかわるはずはありませんよねえ。

こんなことを、念を押しますのは、あまりに非常識な人が多くなったからです。

それで私は、もしかして、これは、私の知らぬうちに、世の中の道徳が変ったのかしらん、と不安になったりしたくらいです。

もし変ったのなら、変ったと、官報で告示してもらうとか、新聞に――市バスや水道料金の値上げをのせるように、――ハッキリ書いてもらいたいものです。何月何日から、親孝行はしなくていいようになったとか、夫と妻は、貞操を守らなくてよくなった、とか。

ちゃんとトリキメてもらえば納得しますが、知らぬうちに変ってるなんて、許せません。

私、ハッキリしたことの好きな人間ですので、いつのまにか、だんだんに、人知れず、ということがきらいなんです。

まして、

（ハハア、こう変っているんだな、すると、こちらも、追い追いに、こう変えなくちゃ）

というような、臨機応変の態度はとれないんです。私、ちゃらんぽらん、ということが大きらいでございます。

キチッと物ごとのけじめをつけるのが好きなんですの。以心伝心とか、それとなく察する、なんて芸当はできません。

ですから、今思うに、世間ふつうの奥さんなら察したのかもしれない夫の浮気が、土壇場まで分らなかったんじゃないでしょうか。

疑いの念が萌《きざ》す、とか、ふと考えて打ち消す、というような、テレビのよろめきドラマにあるようなことは、私には縁遠いことですわ。

先生は、ここまで読まれて、ハハン、夫の浮気か、天下国家のことだの社会道徳だのというから何かと思ったら、ありふれた浮気沙汰、またか、と思われるでしょうが、私にとっては、まさか、で、またかとまさかは、一字ちがいですが、たいそうニュアンスは違います。どうぞお願いですから、終りまでお読み下さい。

私どもの結婚生活は、ママアです。

夫の会社は、小さいけれど業績よく、着実で、お給料は同年輩のサラリーマンの中ではよい方でしょう。

夫はマジメでおとなしい男です。私は時々あまりにおとなしいので、じれったくなるときもありますが、でも、子供もかわいがるし私にも荒いコトバ一つ、かけたことはありません。

私はテキパキする方。拙速主義。

夫はグズでノロマ。バカていねい。

私、しゃべり。

夫、無口。

私、勝気。負けずぎらい。

夫、内気。泣き寝入り。

性質はちがいますが、でも結婚十年、ちがいすぎる性格が却って組合せよかったのか、波乱も大過もなく幸せでした。夫も、四海波静かな結婚生活を楽しんでいるとばかり、私は信じておりました。

コトの起《おこ》りは、五カ月ばかり前の、土曜日の晩です。

ノボルがおじいちゃんの家へ泊りがけで遊びにゆきました。

あとには夫と二人、せっかくなので、夫にご馳走してやろうと思いました。

夫は牛肉が好きなのです。私は思いきって大散財して、三日ぶんくらいの予算をはたいて、すごいステーキ肉を買ってきました。サラダもスープも、念を入れて作りました。きっと帰ってきて大よろこびするだろうと思いました。大喜びしなければ、撲《は》っ倒してやるのだ。

私は、私の思っている通りの反応を、夫が示さないと、カッとなる女であります。

夫は酒をたしなみません。

それで、私はいつも、食べものに気を使っているつもりです。夫も、私の料理に満足し、美味《おい》しい、と思っているようです。

グズで無口な夫のことですから、はかばかしく口に出していいません。私が、じーっとモノをたべる夫の顔を見ていて、その反応で察するのです。

夫は、丸顔で、ツヤツヤと血色のよい頬、どこか頓狂な感じの丸い眼をもっています。髪はフサフサと黒く、黒縁の眼鏡をかけています。——子供っぽい印象、それも、途方

にくれた子供の印象があります。ですから熱心に食べていると、よけい子供みたい。私が、

「どう、おいしい？　おいしいでしょう？」

と聞くと、黙ったまま、あるかなきかに、うなずく。私は、給食をたべている生徒を見る先生のように、じーっと眺めるんです。

（残さずみなたべる）と注意して廻る先生のように。

夫は満足していると、あたまで、

「うん、うん」

というようにうなずきつつ、眼鏡の奥の眼がほそくなる。おいしがってるんだな、とわかるわけです。

おいしくない、と思っているらしい時は、口辺に拗《す》ねた子供のような表情が浮び、考え深そうに咀嚼《そしゃく》します。

そうして残す。全部食べない。なまいきではないか。私はじーっと夫を見つめてやる。

「おいしくないんですか、え！」

つい、力が入って咎《とが》めるような口調になります。

「三十分間、ズーとつききりで火加減見て作ったのよ。手間ひまかけてるんです！　夕ッタ一皿の料理に！」

すると夫は飛び上り、また、あわててひと箸つけ、口にふくむ。

何ともいえない顔をする。これがおいしいというものなら、まずいものはどんなものであろう、というような切なそうな顔。

私、夫のどんな微妙な表情の動きも見過すまいと、じーっとうかがう。夫はセッセと食べる。食べてると舌が味に馴れてくるらしい。だんだん、皿のものがなくなる。

「おいしいでしょッ」

ひょっとすると、私の声は、ラジオ体操のかけ声のように、弾みよく聞こえたかもしれません。夫はビクッとします。

「え？　おいしい？　おいしくない？　どっち！」

「おいしい」

と夫は反射的に答えます。

「おいしいなら、いいんです」

私の方は、作ってるあいだ、何べんも味見をして、食べ飽きたので、皿に残す。しかし夫が残すなんて、けしからん、という気があります。

夫が残したりすると、つい見咎《とが》めて、

「どうして食べなかったのォ」

と不満そうな声が出る。

「親の躾《しつ》けが悪いわねえ、あんたって。ノボルの教育に悪いから、みんな食べて下さい」

そういえば、夫は、親の躾けのせいですか、自分の引ッ込み思案、保守的なグズのせいなのか、新しい料理には警戒的です。

ちっとも、進取《しんしゅ》の気象というものがない。

生まれて三十なん年、慣れた料理しか、馴染《なじ》まないのです。頑固な家畜のような所があります。男はみんな、そうですが。

未知の味覚を開拓しよう、とか挑んでみよう、という気はないみたい。

少年時代に食べさせられたらしい、大根おろしにカツオブシとちりめんじゃこをまぜ、醬油をかける、あるいは、にら入り卵焼きやちりめんじゃこ入り卵焼きが大好物、という気恥かしい嗜好《しこう》に固執しています、ようく知って馴染んでいる料理が、大好きらしいんです。

(尤も、大根おろしにちりめんじゃこ、なんて料理ともいえませんけど。夫の母親は産婆で、年中忙がしくしていましたから、つい手のかからぬものを子供に与えていたのでしょう。――それに比べれば、私などは、夫のためにうんと料理に時間をかけています。こんな、マメな妻をもっただけで、夫は感謝するべきなのです)

私の方はまた、テレビで見た料理など、変ったものを作るのが好きですわ。

私、開拓者精神があるんです。

しかし夫は、目新しいモノが食卓に供されると、箸を出すことを控えて、こわごわ、

「これは何やねん」

と素材と、料理の名前を聞きます。

私、いつもそこで、夫にイライラ、させられるんです。その、オッカナビックリ、という声の調子からして、いやなんです。まるで毒でも入ってるんじゃないか、というような臆病な表情を見ると、いじめたくなってしまいます。いじめたくなってどこがわるい。

結婚以来、私はずいぶん、新しい料理で夫の味覚の幅をひろげてきたつもりですけれど、何を出しても最初は、

「これは何やねん」

です。そして、「目をつぶって」という感じで必死に嚥《の》みこむと、箸をおいて、

「大根おろし、ないか」

「何をするんです」

「ちりめんじゃこと一しょに食べる。あれ、美味いねん」

十年たっても、やっぱりそこへ戻って来てしまう。

しかも夫は、いまはじめて私に教えるごとく、

「かつおぶしの削ったんも、入れた方がおいしい」

「…………」

「ここへ味の素かける奴もおるけど、これは邪道。大根おろしのスガスガしい味一本槍でいく。夏大根の辛さもピリッとしてよろしい。四季いつでも向く料理や」

そんなものが料理なら、醬油を握りめしにハケで塗りつけて火に焦がしたものだって、りっぱな料理です。私は夫の下らぬ講釈を聞いてるとイライラしてきます。いいかげんに、「大根おろしとちりめんじゃこ」から卒業してくれないか、と思います。

男というものは、なぜああも頑固に、幼児時代の記憶にしがみついているのでありましょう。しかもそれを一子相伝で息子に伝授したりして、息子が好きなのも癪《しゃく》にさわる。尤も、私の開拓する新料理にも、むろん、箸にも棒にもかからぬというのもございますが、息子のノボルが、

「へんなの」

といったりすると、私はノボルまで腹が立つ。ワザワザいわなくとも、そういうときは黙ってればよいのだ。気付かぬフリをすればよいのです。

いや、料理の話をするつもりではないのでした。

私は、自分の思っているような反応を、夫が示さないと、腹のたつ女なのです。

大きなステーキを食べさせようと思って待っているのですから、そういう時はさっさと帰ってくればよいのです。

その晩はどうしてか、帰りが遅いのです。

遅い時は電話を入れることになっています。それが、全然、連絡なしで、九時になりました。この調子では、もう帰っても食べないかもしれない。

なまいきな。勝手なことばかりする、と腹がたちました。夫はすごいテキを見て、両手をひろげて足を踏んばり、「ヤ」という格好でびっくりすれば、女房の私は満足する、それぐらいの簡単なことが、なんで出来ないのか、こういう晩に限って、勝手におそくなる、と私は腹立たしかったのです。

男というものは、まことに天邪鬼《あまのじやく》なもので、私が外出していて帰りが遅くなり、スーパーへ寄ったけど、ロクなものも残っていなくてあり合せのものを買って、ふうふうと帰ったような時に限って、早々と帰宅する。風呂も沸いてない、というので、手持ちぶさたにテレビを見て、ふくれていたりして。私はそういうとき、夫に負けずにふくれる方です。

さて、ちっとも帰ってこないので、私はしかたなく、お茶漬けでご飯をたべました。一人で肉を焼いていても仕様がありませんので。

すんだところへ夫がやっと帰ってきました。

「何してたんです、今まで」

と私は、あたまからいいました。

「遅くなるなら電話を入れなさい、とかねがね、いうてあるのに！　なんべんいったらわかるのよ」

夫はだまって、上衣をハンガーに掛けて、鴨居《かもい》に吊るしています。

これはいつもの通りで、夫は決して口答えしません。

そのへんに脱ぎすててゆくということもしない。ちゃんとひと所にまとめて脱ぐ。着物というものは着ず、家庭着用のズボンとシャツに着更える。これは私が、着物の手入れが面倒なので、本人は着たがるけれども着させないんでございます。

「凄いビフテキを買ってきたんですよ、それにナンですか、さっさと早く帰ればいいものをグズグズして」

夫はいつも坐るテレビの前に坐りましたが、煙草を持ってくるのを忘れたとみえ、上衣のポケットから取って来ました。

私は、煙草だの、ライターだのと、夫のために取りに立つことは、ございません。クセになる、と思って、夫に、身の廻りのことは自分でするように躾けてございます。ご近所の奥さんの中には、靴下まで穿《は》かせてあげる世話女房もいるそうですが、とんでもない。

男は図にのる動物なので、そんな、痒《かゆ》い所へ手が届くようにしていたら、だんだんエスカレートして手に負えなくなります。女がエライばかりです。どうせ会社では、泣き課長のはしくれ、若い男や娘を使っているのでしょうから、家の中ぐらい、自分で動けばよいのだ。

その方が運動にもなるやろ。

「風呂の加減見て、早う入りなさい！　もうテレビ見てるとおそいわよッ」

と私は命令しました。

私、今夜ぐらい、そういう時期だと思ってたんですわ。ノボルもちょうど居ないことではあり、土曜でございますし、すてきなビフテキをゆっくりたべて、すこし葡萄酒など飲んで、お風呂も早めに入って、……という気があったんですのよ。それも考えず、こっちのイライラと待つ気も察しないで、今までどこをうろついていたのだ、このスカタン！と思うものですから、夫が、

（ヤレヤレ……）

というように、座を占めて煙草を持ってくるのを見ると（それはテレビを見るときの、いつもの恰好です）カッとくるんです。

この、カッとくる、というのを私、よく申すようですが、でもこれは夫が憎くて、では決してないのですわ。そこんとこ、先生、お間違いにならないで下さいませ。

もし憎んだり、愛がサメたりした仲ですと、無関心になっていますでしょう。だから夫が何をしようと、

（お気に召すまま）

とひややかにながめ、怒りもなくカッともせず、肉を買えば、自分一人先に舌鼓打って食べ、さっさと寝床へ入っていることでしょう。

でも私は、夫を愛しているつもりですわ。

だから、私の思う通りにならない夫に、イライラしたり、カッとしたりするのです。

夫と二人、差し向いで、

「この肉、やわらかいわね」

「いや、焼き方が巧いねんで」

などと賞味しつつ食べたい、心が寄り合いたい、という期待あればこそ、

「何してんのよ、今までほっつき歩いて！」

と、尖った声が出るのでございます。

久しぶりに二人きりになれた、というしんみりした情緒を裏切られたからこそ、

「連絡もしないで、何よ！　電話しなさいと何べんいうたらわかるの！」

と、凜烈《りんれつ》たる叱声が唇をついて、ほとばしるのでございます。

世の女房、カッカとし、キッとなるのは、つまりは、夫を愛してればこそ、ですわ。

愛すればこそ、自分の思うようになってほしい、と願うんです。何も憎くてどなったりこわい声を出したりするわけじゃございません。

わからんかなあ、これが。

まあ、それはよろしい。

そういって私は片づけつつ、早く寝床へ入ろうといそいでおりますと、夫は、ふしぎやテレビもつけず、煙草をくゆらして、考えに耽《ふけ》っているてい。

先生、男のあたまの中身は、私は、発泡スチロールじゃないかと、かねがね、思ってますのよ。少くとも、家におりますときは。そう、あたまを使わないいんじゃないかしら、と思います。

会社じゃ知りませんけど、家へ帰るとボサッとして、お笑い番組であるとか、女のヌードであるとか、野球番組ばかり、なるべく発泡スチロール向きのフワフワ、手ごたえのないのばかり見ております。それなのに、テレビもつけないで、何か考えごとをするなんて、いったい、考えるような中身が、このあたまにあるのやろか、と私は夫を見ました。

私には、男が考えごとをする、なんて信じられない。単細胞めが。

「夜食でも食べるの？」

と聞きましたら、

「いや」

と夫ははじめて口を開きました。

では、何を待っているのでありましょうか。考えることはないではないか。さっさと、風呂へ入るなり、寝巻に着更えるなり、準備をすればよいのです。

見よ、この夢野団地の無数の窓々、土曜の夜ともなると、ピンクや赤の灯が花の咲いたように灯《とも》っております。あれはつまり、夫婦の寝室、土曜の夜は、スタンドの傘を取り換え、なまめかしい色にしているからですわ。

この節は、週休二日制で、金曜の晩に、桃色の灯をつけるところもあります。

それなのに夫は、テレビも見ず、黙念とあたまをかしげて煙草を吸う。

「お風呂へ入るの、入らないの、どっち」

といいますと、

「まあ、そんなんあとにして、ちょっと、ここへ来てんか。話があるねん」

私は、また何か買うのかなあ、なんて思いました。日曜大工道具一式とか、カメラを買い換えるとか、そういうときに限って、いつも「話があるねん」といったからです。

「それなら、お紅茶でも淹《い》れるわ」

「そんなん要らんから、まあ来い、て」

そんなんとは何や、人がせっかく親切にいうてるのに、とまた私、カッときました。私が坐ると、今度は夫は、おちつかない風で立ちました。トイレへいきます。出てくると、

「紙、もうないよ」

と注意しました。それから、坐りました。

夫は頓狂な眼を眼鏡の奥でパチクリしてるんです。そして、煙草をもった指で、あたまをちょっと掻いて、いいました。

「あの、物は相談やけどな。別れてくれへんかなあ。これは僕が云い出して僕の責任やから、出来ることは何でもする。条件はできる限り、のむから考えてみてくれへんか」

「冗談やないの？」

私は夫の顔を探るように見ました。

夫が、あんまり淡々というので、かえって冗談ではないのだ、とわかったのですが。

「いや、本気でいうてる。あのなあ、二年ほど前から好きな女の子、できてん」

「その子と結婚したいの？」

「………」

夫はこんどはだまりました。それは肯定のかわりでしょう。私がハラ立って、カッときたのは、紅茶は要らんとか、トイレに紙を入れておけ、というのと同じような調子でいうからです。煙草をふかしながらいうなんて不謹慎です。おまけに、あたらしい煙草を一本出して、あたりを見廻し、

「マッチないか」

というもんですから、とうとう私はカッときたきりになりました。

大きなお徳用マッチを台所から取ってきて夫のあたま、発泡スチロールのあたまに投げつけてやりました。夫は、マッチの軸木をシャワーのようにあたまから浴びて、眼をパチクリしました。

「ようもそんなことが、突然、いえますねッ！」

私は、一ぺんマッチを投げつけると、堰《せき》が切れて、こんどは夫の顔をなぐりつけました。

眼鏡が飛んでしまいました。夫はあたふたと腰を浮かせ、飛んでいった眼鏡を拾いあげましたが、片方の玉は、割れていました。

「こっちは夢にも思わないのに、あんまりひどいやないの！」

私は灰皿を夫に投げつけました。

先生、暴力とかバリザンボウというのは、やってるうちに、ますます自分でたかぶってくるんですのね。だんだん自分で手がつけられないように腹が立ってくるんです。

「二年前からとは何です！　二年も私をダマしてたのねッ。こん畜生」

私は週刊誌や、座蒲団を投げつけました。

「なまいきな。私に隠れてコソコソするなんて僭越《せんえつ》やないか、不心得者！　厚顔無恥！　うそつき」

「しかし……しかし」

夫は、飛んでくるものを必死に腕で避け、あたまを庇《かば》いつつ、いいます。

「べつにそう隠れてるわけやない、今まで何とか、お前に察して貰おうと骨折っとたんやけど、ちっとも察してくれへんからです」

「ナニ？」

私は歯をかみ鳴らし、髪をふり乱して立ちはだかりました。

「今までそんなことをほのめかした、というの！」

「そうです」

と夫は、眼鏡がなくなって細めた眼をパシパシと臆病らしくまたたき、壁に倚《よ》って小さくなっています。

「もし、そっちが、やな。気を廻して疑うたり、とっちめたり、してくれたら、早うに片がついとった。いや、もっと早う手当てしてくれたら、ここまで来なんだかもしれん。しかしお前がいつまでも気がつけへんから、とうとう、こんなことになってしもた」

「私のせいにするの、あんたの浮気を」

私は夫のワイシャツの衿元を締めつけました。

「私はね、信じ切ってましたよ。そんなこと、思うもんですか、誰が。気を廻すって。私はね、ハッキリ、チャンと知らしてもらったことしかわからない人間ですよ。それとなくいわれたって、わかるはずないでしょ！」

夫のあたまを、怒りのあまり撲《なぐ》ってやりました。

「痛《いた》！」

と夫は手で押えて、また部屋の反対側の隅へ逃げていきました。

「ほんまに全然、気付いてなかったんか、出張やいうて泊ったり、残業いうて夜中に帰ったり、したことあったの、みんな、信じてたのか」

「エッ。今までの、みーんな、ウソやったんですか？」

私は愕然としました。

「いや、それは、五へんに一ぺんくらいは本当もあった。しかし、ウソもあった。僕はうすうす知っとるのやないかと思うたりもしてた」

「何で、私が！」

私は残業といわれると、そうか、と思う人間であります。出張というと、あたまから疑わない。

「すると、ストいうて泊りこみしてたのもそう？」

「そやないか、あれも分らんのか」

夫はいまは熱心にいいます。

「会社の慰安旅行、いつも春秋の二回やのに、去年は、夏もいったやろ、あれもそうやないか」

「へー」

私も、感心しました。わが単細胞ぶりに、であります。これはよっぽど私が鈍いのか、夫が巧妙なのか。

「いっぺんは上衣に香水の匂いしみついとったやろ」

「そんなことがあったかなあ」

私はとたんに心もとない声が出ました。

「お前、いうとったやないか、うわ、パパええ匂い。十円の香水かけたん？　なんて。僕、皮肉いわれたかな、とヒヤッとした」

「おぼえてない」

私、自信がなくなってくる。マスマス。

「いつか、家へ帰ってズボンぬいだら、ステテコの上にパンツ穿《は》いてたことがあった。あ、しもた、と僕は思うたね。両方一しょにぬいで、穿くとき裏むけに穿いたから。お前見て笑うとったやないか。あのときも気付かなんだのか」

あれは、おぼえています。そそっかしいのねえ、パパは、と私は笑ったんです。マサカ、浮気の証拠だなんて思うもんですか。

「僕は、お前がウスウス察してる、とばかり思うてた。それで、つんけんと当りちらすのや、と思うてた」

「私が、いつ、つんけんした？　え！　そんなおぼえありませんよ！」

「……しかし僕には、そう思えた。いつも叱り飛ばされる気がした。何かいうと、やりこめられるし、言いかぶせられるし、マトモに僕が口を利かせてもろたことがあったか？」

「それはあんたがグズで、さっさとモノをいわないからよ」

「それ、すぐそういう」

「うるさい！」

私は夫の耳を引っぱってやりました。

「文句いうか」

とまた片方の耳を引っぱってやりました。

なぜそんなことが私にわかるのだ。私は正直いちずの人間でございます。

浮気しにいくのなら、堂々と私に向って、

「浮気しにいく」

となぜいえないのだ。なぜストで泊りこみだの、出張だの、とウソをつくのだ。私は、その言葉の裏を考え、いちいち現象を分析し、顔色を判断して結果の答えを出すような、面倒くさいことはできない人間なんです。

オイ、これから浮気しにいくからな、とひとことといってくれれば、そのときケンカしてすんだのです。

まとめておいて、あとで、どさッと伝票を積み上げられたって、おいそれと急にソロバンを入れられない。

「そうか。ほんまに気付かなんだんか、そうか」

と夫は今更のように感心する。

「そんならあらためてたのむ。別れてもらわれへんやろうか」

「そんな勝手なことが通るもんか、私はいやよ」

「そうやろうけれども、考えといてくれへんか」

「それほど、そっちの女の子が好きなの？」

夫はだまりました。

これも、肯定の返事のかわりでしょう。私はカッとしました。私は、私の思ってる通りの返事を、夫がしないとカッとして腹立つのです。私は、

（本当いうと、お前の方が好きや）

といわせたいのです。でも夫はいいません。

「真剣に別れたいのね？」

私がいうと、夫はいそいで、

「うん」

といいました。これもカッときます。私は夫が迷って沈黙していてくれればよい、と思っていたのです。

なぜこう、反対反対のことをする。

「そう。わかったわ。でも突然すぎて動揺してるから、少し考えさせて下さい」

「すまん。その代り、どんな条件でも、できることなら承知する」

「何もまだ離婚に応ずるとは、いうてない」

夫と私は、蒲団を離れて敷きました。

私は眠れません。

夫も眠れないらしく、薄闇の中で寝返りばかり打っています。

団地は寝静まっていますが、時折り、遠くの方で、車の音がします。遅く帰った人が、階上へコツコツ昇ってゆく靴音も聞こえます。

私はじっと目をつぶりました。

いまだに、「別れてくれ」なんて言われたことが本当と思えないんです。悲しいとかショックとか、動転、とかいうより以上に、

(なにをなまいきな。一人前の口利きおって)

という、腹立ちがあるのみです。

私のどこに不満があるというのだ。もういっぺん、耳をつまみ上げてやる、と私はむくッと起き上がりました。離婚なんて、ことに夫を相手の女に奪《と》られたなんて、女のメンツ丸潰れです。男なら、今日び、女房を寝取られたって、どうってことないではございませんか、ねえ、先生。男はただサメザメと泣いていればサマになるのです。捨てられた、あわれな男、という感じで、いっそ情緒も深く、人々の同情を呼んで捨てる神あれば拾う神あり、また運命も開けますわよ。

しかし、女はどうしてくれるのだ、女は！

男を寝取られて、どっち向いて恥多いツラをさらせばよいのだ。もはや生きていけませんわよ、恰好わるい。

私は猛然と腹が立ち、夫をいじめてやろうと蒲団をはねのけました。

これも、夫が憎くてのことではありませんわ。愛するあまりです。

ちょうど夫も、起き上ったところでした。

夫は電灯をつけて、

「ああ、腹へった」

といいます。今まで、そんなことを考えて輾転《てんてん》反側していたのか。

しかし考えますと、私も、さっきからの大立廻りで、空腹をおぼえておりました。ケンカはしばらく脇へおいて、私はこっそり、

「テキをたべる?」

といいました。

夫は食べたいが、いま食べると胃にもたれて眠れぬかもしれぬと例のようにグズグズしております。これだからグズなのだ。私はさっさと台所で物音を忍びつつ、焼きはじめました。隣りや向いに時ならぬいい匂いがただよってびっくりしているかもしれない。二人で、ひそひそと、台所で食べはじめました。バターと脂の匂いがまじって、空腹をそそるいい匂い、肉はやわらかくちぎれて、何ともいえぬ甘美な、とろけそうな味です。

「うまい、うまい」

と夫はいいました。

私は、三分の一ほどを、夫の皿に入れてやりました。

「だから、さっさと帰ってくればいいのに!」

「今日は肉の特売日やったのか」

「ちがうわよ」

「誰かの誕生日か」

「思いついて買うたのですよ! 二人きりの土曜日やないの、スカタン。たまに気を利かすと、ロクでもない話ばっかり、持ってかえるのね」

私はそろそろ、ケンカをはじめてもよい、と思っていたのですが、美味しいものをたべるときは、つい、闘志のホコ先が鈍ります。

「おいしい？　え！　どう！」

と私は、じーっと、夫の顔をながめました。

夫は、予備の、古い方の眼鏡をかけて、夢中でたべています。ものをたべるとき、たべものが霞んでいては、味が半減するといいます。しゃらくさい。大根おろしとちりめんじゃこを天下の美味と思うような奴に、物の味なんか、分るのかいな。

夫はしかし、今はほんとうにおいしい、と思っているようです。

「肉もええが、ソースもうまい」

「そうよ。長いことかかって作ったんやもの、おいしいのは当り前です」

まずい、なんていうと承知しないぞ、と私は夫をねめつけました。

「サラダ、たべなさい！　肉ばっかりたべると、胃にわるいやないの、え！」

「お前はなんでそう、脅《おど》すような物のいい方をする」

夫は情けなさそうにいいます。

「これは、愛情からですよ、そんなことも分らんのか、バカモン！」

私はカッとして、コップの水をぶっかけてやりたいところでした。夫はビクッとして、身をすくめました。私は叫びました。

「愛情がなかったら、誰がいうか。抛《ほ》っときますよ。あんたの身を思えば、ついつい、いうんです。相手の女がそんなこと、いうか。え！」

「その、え！　という空手《からて》のかけ声みたいな声はやめてくれ。腹へひびいてズシンとくる。愛情があるなら、どならんでもええやないか」

「いそがしいからですよ。主婦というものはいそがしいのよ。いちいち、ベタベタして言い方まで気を使うてられるか、おのれ！」

私は夫のあたまを撲りたくなって手を出しましたら、夫はひょいとあたまをすくめ、

「メシぐらい、ゆっくり食わせてくれやあ」

といいました。それもご尤《もっと》も。

私は、また寝室へ入ってから、こんどはゆっくり、夫をとっちめようと思いました。しかし夫は、悠々と煙草を吸ったり、自分でコーヒーを淹《い》れたりして、食後のひとときをたのしんでいるようす。というより私のそばへは怖くてこれないらしい。

「早う来なさい、え！」

という声が、しぜんに出てくる。

「さっきのつづきをやるから」

「うん、いまいく」

「皿を重ねて流しへおいときなさい！」

「うん」

「自分の皿は自分で片づける」

「そういう、偉そうな言い方は、あいつはせえへんなあ」

夫は感無量、という声でした。

「あいつはおとなしい女でやさしい。しおらしい。僕に、そんな口は利かん。僕の身のまわりのことをこまごまとする」

「何を。人の亭主を掠《かす》めとって泥棒みたいなことをしておきながら、しおらしいもないわよ。おとなしいとは聞いて呆れる」

夫はだまって、私に引っ掻かれた手の甲にバンドエイドなんか貼っていました。

「いったい、その女、いくつなの！」

「二十八」

「お婆ンやないか！　なんでもっと若いのを選ばんか！　とんま！」

私、ナゼカ、夫のようなグズでノロマの男は、何をするにもドジを踏むような気がして、イライラしてきたのです。

これは、何も、その女に嫉妬するだけではありません。

夫が、いつも何かヘマをしたり損くじを引いたり、してるのではないかという、気がかりがあるのです。

夫は、珍らしく、ウイスキーを飲んでるみたいでした。

「私、いっぺんその女に会うわよ。妻たるものをどう考えてるのか、とっくり、話聞くわよ」

「けど、撲ったり、引っ掻いたりはやめてくれよ。女のたたかいは」

「フン。正義の戦いやないの、どこがわるい。女の名は！　住所は！」

「そんな、こわい顔してモノいうたら、アイツ、気絶しよるか、わからん。気のやさしい、おとなしい奴やねん。そんな見幕でどなりこんだら、ヒキツケおこしてしまうかもしれへん」

「何をッ。ヒキツケおこすようなお姫サンが、人の家庭を破壊するか、え！」

「………………」

「女の名前と住所をいいなさい」

夫はだまっています。あくまで女を守るつもりだな。よろしい。

「フン、中ピ連に電話をかけてやる。会社の前で騒いでやる。いや、まどろかしい、私一人で喚いてやる。それ、会社の女の子なの、それとも水商売の子？」

「………………」

「黙るの、また！」

夫は、私がまたモノを投げつけないかと怯《ひる》んだように、手帖を置いて、「うしろ」といいました。

私は手帖のうしろを見て、女の名前と、アパートの名をみつけました。

「たのむで、乱暴せんといてや、気イおちつけて会《お》うてや」

「うるさい！」

その夜は、私は座敷で眠り、夫は、台所のベッド兼用ソファでねむっていました。

目がさめてみると、もう日は高いのですが、夫はよく眠っていました。夫は酔ってかえったとき、よくここで眠っています。それを見ると何の変ったこともない、平和な日常に思われました。しかし座敷には、ゆうべ私が投げた灰皿や、マッチが散乱しています。明るい朝の光でみると、よけいそれらは侘びしく思われました。

ゆうべの会話はうそみたいに思われましたが、でも、ほんとなのでした。夫の手帖に、女の名前がありましたから。

私は、紙きれに女の名と住所を書き写しました。日曜なので、子供の声が窓の下でにぎやかに聞こえています。ノボルの友達の声も聞き分けられるのでした。それらを聞きながら、女の名前を書いている心地は、一種特別です。

私はモリモリと闘志が湧き上るのを感じました。いざ決戦のときいたる。どんな女か、とっくりと見とどけてやるのだ。なまいきな。カッとしたら、私は、カッとしっ放しです。

私は、身支度をいたしました。初秋の日ざしが強いのでパラソルをさして出かけました。

私鉄の駅で、三つ先でした。下りてすぐ前の煙草屋で聞きましたら、そこからバスでいく町だそうです。

私はタクシーでそのアパートの前へ乗りつけました。新しいのですが、小ぢんまりした、目立たないアパートです。私は、アパートの前で、しばらく立ち止ってながめていました。

「春日女子アパート」

と標札にありました。このへんは春日町という所なので地名をとったものでしょう。なるほど、女ばかりの館《やかた》らしく、窓のカーテンも、鉢植の花も、しおらしい感じでした。

タオル、ハンケチといった洗濯物が、ピンチで止められて窓からさがっているさまも、世帯くずれた感じはなく、つつましく、律儀《りちぎ》な女の手仕事を思わせるのでした。

夫の話に影響されたのかどうか、私は、つつましく気のやさしい、おとなしい女を想像しました。

管理人室もどこも人かげはありません。二階へ、誰のか分らないスリッパを穿いてあがってみました。

とっつきの部屋がそうでした。女の名札が掛っていました。私、カッとした方がしゃべりやすいのにな、と念じていました。

ノックすると、はあい、と澄んだやさしい声がしました。私は名前をいいました。

と、返事はなくて、しばらくして、

「ちょっとおまち下さい」

とあわてた声がするのです。

それは、まるで、不意打ちをくらって飛び上った、という声でした。私はほくそ笑みました。

先制攻撃という所で、日曜の朝の寝込みをおそわれて右往左往しているのかもしれません。これは機先勝ちである。

ひょっとすると女は、申しわけありません、妻ある人を知らずに愛してしまったのです、とヨヨと泣くかもしれません。

人さまの家庭を破壊してしまって、おわびの申しあげようもありませんわ、といえば私は……。もしそういう、やさしい女なら、夫を渡すべきか。夫が幸福になることなら、身を引くべきか。アホなことをいうてもらってはこまる。世の中には秩序も規律もあることを、しっかり認識してほしいのである。

ドアが、さっと開かれました。

目の前に立っているのは、小肥りの、体格のいい、ゴムマリみたいに丸い顔の、腕の太い女でした。彼女は太い腕で私を中へ押しこみ、

「あんた、原田サンの奥さん！　そう！」

といいました。

声だけ聞いてると甲《かん》高い、若い声ですが、堂々たる体つき、その顔にあらわれる不屈の精神とでもいうべき表情。

ちょいとした美人で、しかも小太りなのでふっくらして、男にはやさしくみえるかもしれませんが、中々どうして。

こういう女、全く、くらえないのです。

「まあ、坐って下さいよ」

「いいえ、ゆっくりしてられませんよ」

私はつったって、六畳と四畳半ぐらいの部屋を見廻しました。

夫は、ここへ泊まったことがあるのだろうか？

こういう女を相手に、どんな顔でしゃべっているのやら、私は夫をつれてきて、二人をつき合せて、そばから、じーっと顔を見ていてやりたいと思いました。何か食べさせるとき「おいしい？」と顔をのぞきこむように。

女は、ＯＬ風でした。髪をきれいに撫でつけて、セーターとスラックスの姿で、それにも、ながいこと、おんな商売を張っている貫禄みたいなものがありました。

私、いちばん意外だったのは、シタタカな感じです。

何がしおらしいだ。

何がおとなしい女だ。

こんなのがやさしい女なら、雌のライオンだって女らしい。

「ひとこというとくけどね、おくさん、私、カッとしたら何いうかわからへんから、あらかじめいうておきますがね」

この女、私のお株をとるんです。

「私は、おくさんやからいうて、べつに何も遠慮せえへんのやからね。え！」

私は、空手のかけ声みたいな声でどやされてビクッと身をふるわせました。

「おくさん、おくさんて、大きな顔しなさんな。タカが役所の紙キレ一枚のことやないか、そんなもんに権威ある、思うてんの、え！　ボンヤリ」

「しかし、結婚、夫婦というのは神聖なものでしょ……」

「何が神聖。大事なのは愛情よ。愛さえあれば、神聖ですがね！　紙キレ一枚で、えらそうな顔しなさんな、わかった？」

私は、背丈も充分ある女に、耳を引っぱって吊りあげられるかと思いました。

「子供産んだからいうて、大きな顔しなさんな。子供なんか産めるんやから。そうでしょう、え！　私かて産んでみせますよ。私はね、原田さんの会社と、同じ会社に勤めてるのよ。二年もの仲よ。あんたらおくさんは知らんやろうけど、職場で仲よしになると、この仲は、家庭より深い縁になるのよ。だって、家へ帰ったって、顔合わすのは二三時間でしょ、私なんかは八時間、顔つき合せているんですからね。わかる？」

「それはそうやけど、しかし、妻の立場というものは……」

「妻が何だというんですか、え！　いったい、何をしてやってるの？　私なんか、仕事のことで大から小までみーんな原田サンの世話をしてんのよ。これで気が合った同士なら、愛し合うのは当然でしょ、理解がいきとどくんですからね。おくさんなんて、いったい、どこまで、あの人を理解してんのさ、え！」

「しかし、人のミチが……」

「人のミチも車のミチも、このミチは早いもん勝ちよ、おくさんやいうて、妻の座にあぐらかいてたら、ひっくり返されるわよ、そんなことも分らないの、とんま！　私のどこがわるい。だんだん世の中変っとんのやから」

私、ろくに口を利くひまなく、「春日女子アパート」を追い出されました。

そして家へ帰るなり、夫の顔を見て、泣き出したのです。

「何も、ああまで、ボンボンいわんでもええやないの。こっちが口を開くまもなしにギャーギャー罵《ののし》って、とんまの、ボンヤリの、と。くやしい。……。あんた、パパ、あの女を怒ってやってよ」

「そんなこといいよったんか、あいつ」

夫は目を見張って叫びました。

「ほんまか……」

夫は、それより、私が泣いているのがふしぎそうでした。

「お前が泣かされて帰ってくる位やったら、相当なもんやねな、あいつ。へえ……」

「だんだん、世の中変ってるんですか、あんた」

「知らん」

「夫婦て役所の紙キレだけで何の権威もないんですか、パパ」

「知らんがな」

「くやしい。ああん、ああん……」

「お前、僕がお前に言いまかされるくやしさも分ったやろ。泣くな、泣くな、わかったら、それでええねん」

と夫は、私の背を撫《な》でてくれました。

先生、夫婦や結婚など昔ながらの人間のミチは、今はもう、何の価値もなくなったのでしょうか、どうなんでございましょう？

「毎朝新聞」人生案内係の海津記者は、この手紙も屑籠に捨てた。

彼は、ノロケ話は取らない主義だからである。そしてそれは彼が独身の青年であることと関係なくはないように思える。

百合と腹巻

三杉は不機嫌だった。遅いなあ、という。

だいたい、私がいつもデートにおくれるのが、わるいにはちがいないのだが、実際、ウチの課は、五時になっても電話はじゃんじゃんかかるし、ワープロの書類は仕上っていないことが多いし、お役所のようにきっちり、いかないのだ。

しかし三杉のほうは時間通りにはいつもくる、といっている。

「おれトコは小さい機械屋やから忙しいのは、ボタより忙しいんやぞ。そやけど、いったん約束したら、きちんとくるわい」

三杉はぼこぼこした顔に細い吊りあがった眼、強情そうに引きしまった口、どこか、けんのんな、不逞《ふてい》な目つき、ちょっとみると、その筋の人間のようにみえるらしく、夜道をあるいていて、警官に二度ばかり不審訊問《ふしんじんもん》をされたことがあるといっている。右の眉に傷痕《きずあと》がある。これはチンピラにからまれたときのもので、どこか彼のたたずまいは不穏《ふおん》な気配があって、ある種の人間には挑発的にみえるらしい。

しかしむろん、三杉はその筋の人間ではなく、まっとうなサラリーマンである。三杉は警官に訊問された翌日、警察へ電話して、その筋の人間ではない、という証明を発行してもらえまへんか、といったが、そんなことはでけへん、と一蹴《いっしゅう》されたそうだ。

私は、一見したところやっちゃん風の、不穏な三杉が、性格よく、やさしいのを知っているから、そのこわもての顔にはおどろかないが、彼の不機嫌の理由は、遅れたからだけではないのが察せられた。

「あたしは鳩時計の鳩、ちゃうよ。時間がきたらすぐ顔出す、いうわけにいかへんの、若い子とちゃうねんから。結構、立場も責任もあるねんからねっ」

「年下男の世話も焼いてるわけや」

はは。

やっぱりだ。

妬《や》いてる。

このまえ、私は、会社の瀬川くんのことをいった。

(年下の子ォが、あたしにつきまとうんだ、浅丘サン、浅丘サン、——なんて可愛いよ)

三杉はただでさえ人相のわるい目をじろりと私にあてた。

(そいつに気があるな、オマエ)

(あたしはかるいノリでデートしたのに、純情で迫られたんだ)

(なにをっ。純情なんてけったくそわるい。溶けたチョコみたいにべたべたすンな。純情にさわった手で、おれにさわらんといてくれ)

そんなことをいって怒っていたが、今日もまだ忘れていないらしい。

でも瀬川くんは気持のいい子だ。

西宮の、いいうちのぼんぼんで、サラリーはみんな小遣いだという噂、阪神間の坊ちゃん大学を出ていて、デートというと、芦屋の、住宅街のなかにひっそりとまぎれこんでいる、えぐいばかりの高級バーへ連れていってくれた。

BGMはクラシックだったりして、ふかふかのソファの、テーブルは大理石、足音はペルシャ絨毯《じゅうたん》に吸われてしまうようなバーで、瀬川くんは、

(浅丘さん、なににしますか)

(瀬川くん、いつもなにを飲んでいるの？)

(バーボンのソーダ割り。IWハーパーですが、よろしですか、同じもので)

なんてていねいに聞き、バーテンにうなずいてみせる。それは(いつものやつ)といってるみたいで、学生時代からこの店に出入りしていたことを思わせ、ここでの勘定は彼が伝票にサインするだけであった。お父さんの勘定につくんだろうなあ、と私は漠然と考えた。

しかし彼としゃべっているのは楽しかったのだ。私は会社の若い女の子たちのように、

(おビンボはいやだから、絶対、玉の輿)

なんて考えたことはないが、少くとも瀬川くんはファッションと車の話しかできないのでなくて、また筋肉質で細身のボディーを保つためには、どんな鍛錬《たんれん》とダイエットが

必要か、などという話しかできないのでもない、彼はしっかり、ロマンチックできる青年であった。

（浅丘さん、浅丘さんの名前って、どなたがつけられたんですか）

（父ですって。もう亡くなってるけど）

（ええなあ。牡丹《ぼたん》って……ロマンチックです。浅丘牡丹さんって。ええなあ）

（牡丹は、父にいわせると花の王様で、富貴《ふうき》の象徴で、美しくて気品がある、ということですけど、でも、ぼたんをbuttonと思う人も多いようよ。こまるわ）

（学校時代はどう呼ばれてたんですか）

（ボタ、ね、あだなは。なぜかそれがついてまわったわ）

（ボタちゃん）

（ボタもち、って呼ばれたこともある。学生のころ、あたし、顔がまんまるで太ってたから）

（可愛かったやろうなあ）

瀬川くんはうっとりした顔になった。

（ぼく、浅丘さんのタイプの顔、好きです）

（平凡よ。あたしなんか）

（いえ。きりっとしてて、それでいて、守ってあげたいような、ところがあります）

私は目をあげて瀬川くんをみた。瀬川くんは色白の頬に血をのぼらせ、視線をそらせた。

日曜のデートだったので、私はエンリコ・コベリの定番の、赤や青の星が飛んだTシャツに、ジーンズのオーバーオールを着ていた。それに牛革のベルト。ジーンズの帽子。

(これはぬいでお尻にちかく置いてる)

べつに、若い子とデートするから、若づくりしたわけではなく、オフでは私は、らくな恰好《かっこう》や、会社と全くちがうファッションを意識的に採用していた。二十九というとしは、いろんなことを試みないと、マンネリの殻《から》をつきやぶることはむつかしいし。

だが瀬川くんは日曜というのに、通勤スタイルで、きちんとネクタイを締めている。白いシャツは清潔で、ボタンダウンの衿《えり》からすっと花の茎のように出ている首のほそいこと、美しいこと……女の私の両手で絞められそうだった。といってべつに瀬川くんに殺意なんか持っていないけど。

(守ってくれるの?)

(ええ。知ってます? オードリー・ヘップバーンもアガサ・クリスティも、夫たちはみな年下でした。美女や才女は、男が守ったげな、あかん、思います)

可愛いさのあまり、私はほんとに瀬川くんの首を絞めたいくらいだった。――いけない、女のM青年になっちゃうわ。

(ぼく、入社したとき、あの営業二課で、すぐ浅丘さんに目がいきました。目をつけたんやありません。目が勝手に浅丘さんのほうへいくんです。浅丘さん、考えこむとき、左手で頬杖ついて、右手に持ったボールペンの尻で、頬っぺたを叩くくせがあるでしょう?)

そういえばそうだけど、でも、そんなこと、一、二回じゃない?

(いえ、いつもです。なにを困ってるのって——ほんまいうたら、ぼく、浅丘さんの肩、抱いてあげたかったです)

(酔ってる……きみ)

(酔っていうのやありません)

私はためいきをついた。瀬川くんは怒ったような顔でいる。

日本の男は全く「ロマンチックしない」か、それともマニュアル通りか、どっちかだと思っていた。しかし、瀬川くんはそうじゃない。

(新しいタイプの男の人が日本にもできたんだ。……うーん、これはこれは……)

(ほら、やっぱりぼくのこと、年下やとなめてはるんですね)

(そんなことないわよ)

(いいえ、そうにちがいない。おかしがって、ひやかしてるんでしょう)

(ちがうってば)

それどころか、私は感激していたのだ。きりっとしているけど、守ってあげたいようなところがある、なんて……こんなこと、三杉がいったことがあるだろうか。瀬川くんは私より五コ年下の二十四だ。二十四の男がそんなことをいってくれるのに、三十二の

三杉ときたら、デートの時間にすこしおくれただけで、

（おそいぞ、ボタ）

だ。

それに私の体調がおかしいときは、すぐ、

（腹巻せー）

それだけだ。それは、腹巻をせよ、ということである。ちょっと前、私と三杉は兵庫県の奥へドライブに出かけた。峠の茶屋、というような店で、人造湖のダムを見ながらきつねうどんを食べたが、お揚げがちょっと味がへんだった。

（ねえ、このお揚げサン、なんともない？）

（ない）

三杉がぱくりとたべるので、私も釣られてたべたが、帰るころには、おなかがしくしくしてきた。

（やっぱりだ、あのお揚げサンのせいだ、どうしよう）

（へー。あれ、旨《うま》かったのにナー）

と三杉はいい、これは何を口へ入れても中毒《あた》る気遣いはさらにない、というタフな体のようで、

（冷えたんじゃ、それは。腹巻せー）

といった。

三杉は、母が働いていたのでおばあちゃんに育てられた、というが、日常の些細《ささい》な習慣から考えかたにいたるまで、クラシックなところがある。食事の前にかるく合掌して、〈頂きます〉というのもそうだ。

健康の秘訣は、〈温《ぬく》いもんを腹八分目〉と信じているのもそうだ。つめたいものは健康によくない、と叩きこまれたらしい。ビールは夏も室温がうまいといい、

（ワインなんか、コッテコテに冷やして、そいつを脂もんの料理といっしょに摂取する、西洋かぶれの奴ら、アホちゃうか）

というのである。彼のおばあちゃんは、さらに彼に腹巻哲学を叩きこんだらしいのだ。三杉は夏でも細毛糸のラクダ色の腹巻をしている。亡きおばあちゃんが彼のために編んでくれたもので、おばあちゃんの形見だというのだ。

（腹と腰、ぬくめとったら、人間は病気せえへんのじゃ）

（いまどき、腹巻なんてどこにも売ってへんわよ）

（京都へいったらなんぼでもある）

京都はお婆さんの威張っている街ゆえ、婆さん愛好の生活用品は、なまじ地方の田舎町よりよく揃う、それも東寺《とうじ》の「弘法《こうぼう》サンの市《いち》」がよい、北野の天神サンの市《いち》はわりに上《じょう》ものが出るが、弘法サンのほうは、安い生活雑貨が揃う、と京都の大学を出た三杉はいう。それで以《もっ》て、風邪ひきでも何でも、

（腹巻せー）

である。

むろん私はそんな、しけた、時代錯誤のしろものは洟《はな》もひっかけないで、いまだに東寺の弘法サンで腹巻をさがすことはしていない。

三杉とは古い知り合いだ。学生時代の合コンで知り合ったのだ。

卒業後は交流が絶えていたが、三年くらい前にばったり、町で会った。

彼は大学時代の先輩に引っぱられて、先輩のやっている機械設計の会社に入り、仕事が猛烈に忙しいので、まだ独身だといっていた。

私も商社に入って、ずうっとそのまま働き、独りだといった。

（ははあ。独身主義ですか、浅丘さんは）

そのころは三杉も、ていねいな言葉遣いをしていた。

（ちがうわよ、もちろん。でも周《まわ》りにも縁ができそうな人はいなかったし。母の知ってる人やら親類やら、近所の人にすすめられた縁談でも、ピンとくる人はいなかったの）

私は学生時代から三杉がきらいではなかった。女の子たちが、（なんちゅう、えぐい顔）（あの子のまえでゴハンたべられへん）と内々こぼしてるときも、

（そうかなあ。でもあの、兇悪そうに一見みえる、細い吊りあがった目て、セクシーやない？）

とかいったりして、みんなを笑わせていた。

私には三杉は気持ちの綺麗そうな、やさしさをかくし持ってる男のような気がしていた。

私はそのころあった縁談の一つ二つを話した。東大理学部出身のエンジニア、京大出の医者、何とか研究所の所員……。みな、一見ルックスもよく教養ありげで、共通しているのは、早く結婚したがっていること、と、向きあって話題に乏《とぼ》しいということだった。一人は本は読まない、研究に要る本だけ、小説は、生きてる人の本はまだ評価が定まっていないから、読むのは時間の無駄と思う、といった。

死んだ人の本で、古典といわれるのだけ読むが、三島由紀夫はどっちでしょう、と私にきく人もいた。

テレビは見ないという人、絵は油絵と日本画の区別を知ってるだけという人、映画はホラー映画専門、あ、戦争ものも見る、「トップガン」はよかった、——なんていう、あどけない人も。

その中でも見合いの席から二人で街へ出たが、どこへいきますか、と私にきき、ついで、私を抛《ほう》って電話をかけにいった人がいた。公衆電話が近くにないらしくてなかなか戻ってこず、どうしたんだろうと思っていると、息せききって走ってきて、角っこにプチホテルの喫茶室があるそうですといい、私を連れていった。ところがホテルでパーティでもあって、その流れだったのか、満員だった。彼はすぐ廊下の電話に走りより、

(あ。オカーチャン。ここ、満員やったわ)

といった。さてはさっきの電話もお袋さんの指図《さしず》を仰《あお》いだのか。そうやって街をうろうろするうち、彼は時計をのぞいて、

（門限ですから。オカーチャンが心配します）

といってさっさと帰ったやつ。これが一ばん凄《すご》かった。その、ごく自然になめらかに口から出た「オカーチャン」には驚倒《きょうとう》させられた。

（なんじゃい、そいつら）

私の話のうちに、だんだん、三杉は怒り出した。

（おもろないやつらやなあ。エリートになろ、思《おも》て、勉強ばっかり、しくさっとったんじゃろ。そんなやつ、大阪の恥じゃ！　そんなやつらと結婚せんでよかった）

そういってくれるのは、三杉だけであった。

私は仲に立った人や、母や身内にボロクソに叱られた。片っぱしから良縁をことわる、もう世話しない、と人を怒らせてしまったのであった。

そうして私はいまや、三十歳は杪よみというせっぱつまった年になってる。（もっとも三杉に再会したときは、もっと若かったけど）

（大体やな、浅丘さん）

と三杉は、そのときいった。

（大阪名物は阪神・吉本・たこ焼きや。——こんなアホらしいまちで、カシコなんか張っとるやつは、食わせもん、にせもんじゃ。アホな街ではアホになって住む、これがほ

んまのカシコじゃ。秀才やたら、エリートやたら、いうて、自慢しとっても、そんなん、栄光のかげに陰部あり、というやつじゃっ)

(ちょっと。それもいうなら、暗部、いうのんちがう?)

(あ、そッか。陰部やったらエッチになってしまうな)

(アホや、あんたは)

(アホやからこんな街に住んどんねん)

それから私たちはエッチについてしゃべった。

エッチな話をしてる女の子と、聞いてる女の子とではどっちがエッチか。聞いてるほうの子。想像力の駆使はエッチ度がたかい。

昼はPTAの委員の会議に出かけていって、夜は寝室で小さい赤い灯に切りかえたりする良妻賢母の夫人と。——

博物館なんかに勤めてて、一日中、口をきくこともない職場の女が夜は梅マハ、梅田の「マハラジャ」なんかで踊り狂ってるのと、どっちがエッチか。PTA夫人。

博物館嬢は昼間だまってるが、PTA夫人は、教育問題という、エッチから最も遠い次元のことにたずさわってるから、それだけにエッチ度はたかくなるだろう。

すごいポルノビデオみて、〈へーっ。えげつなァ……〉といいながら、しっかりENDまで見てしまう子と、〈いやー。もう、よう見んわァ〉と途中で逃げだす子。

答え。逃げだす子のほうがエッチ、と三杉はいう。

（なんで？）

と私はきいた。

（思い当ってるからや）
（アホ）
（もっとエッチなんは、逃げだす女の子を見送っとる男）

（えっ。一緒に見てるの？　男と？）

（いや、その）

といったので、私は、会社の女の子をあつめて、ビデオ大会でもやったのであろうかと疑う。

彼は、エッチ度はオトナ文化のバロメーターである、などとぶちあげ、エッチについてどれだけ鋭敏かが、社会の開明度を示す、といった。

〈う回〉とか〈き然〉とか〈あ然〉とか、ひらがなと漢字を組み合せた妙な熟語が、印刷物や街に氾濫して目ざわりだが、そのなかで、何がいちばんエッチか。

〈清そ〉。――おれ、これ、きらいやなあ。清楚くらい、漢字で書け、なあ、ボタ）

三杉は、はやくも、昔の学生時分の合コンのときみたいに、私のことを「ボタ」と呼んでいる。

（この字、エッチやぞ。清らかの下についてる〈そ〉がうさんくさい）

私たちは大笑いした。

そして私は、秀才やエリートたちとのお見合いの席では、いっこう話が弾《はず》まなかったのに、三杉とはいつか、夜のふけるのも忘れてしゃべっていたのである。ひと月にいっぺんか、ふた月に三べんくらいデートした。でも三杉は私に、いつまでたっても愛のコトバも聞かせてくれないし、結婚しようともいわなかった。私もべつに彼にいわせようとも思わなかった。ただ、彼といるのが自然に思われ、あるとき、彼が一人住んでいる阪神電車の沿線の、大物《だいもつ》のアパートへいっしょにいった。窓から舞台の書割のような、張りボテの大きな月がみえた。地平線にちかく、家々の屋根をかすめて、ベージュ色の月だった。

同じ色の毛糸の腹巻を彼はしていた。三本あり、とっかえて洗濯しているという。おばあちゃんが彼のために一針ずつ編んでくれたのだから、大事にしている、というのだ。部屋には調度は少いが、わりによく整頓されており、洗濯は好きだという。

——こうやって、この部屋で張りボテの春の月をいっしょに見た女も、いたかもしれないなあ、と私は思った。いや、いまも、もしかしたら、いるかもしれない。三十二の男に過去がないほうがおかしい。私にもいささかのアバンチュールはあった。お見合いもしたし。

でもそんなこと、いまはどうでもよくなった。私は三杉のそばだと、何だか安心して、いままでの男とこんな機会を持ったときに感じた、うしろめたさがないのだった。

(赤ちゃんできたら、どうしよう)

と冗談をいったら、彼は、

（腹巻せー）

何をいってるんだろう。私は三杉の、匂いのいい腋窩《えきか》の叢《くさむら》に顔をうずめてくすくす笑った。私はいまどきの若い女の子じゃないから、男の腕や脛《すね》に毛があるのを忌避《きひ》する気にはなれない。自然なことは美しいのだった。足をからめて彼の毛脛に触れるのは、きもちいい。

（おれの友達に、女の子くどくときは片っぱしから、おれの子ォ生んでくれやあ、いうやつ、居《お》るデ）

と三杉はささやく。

（へー。おたくのことじゃないの？　アンタみたいなワイルドな顔の子ォできたら水洗で流すわ）

私はうまれてはじめて、ノビノビした、と思った。お見合いの相手を見て、こんな男たちの指でかく円周の中にしか住めない、というのは窮屈《きゆうくつ》だ、と強く感じたが、三杉にはそう思わなかった。三杉とこうなってよかった、と思った。はじめて自由を手に入れた、という感じだった。

それは二十六のときだ。

そうして、まだ私は三杉をキライになっていない。彼もそうだろうと思うが、それでも結婚しようとも、愛してる、ともいわない。そして私が年下男にもてたことをひけらかすと、警察官の不審訊問欲をそそるような、凄味《すごみ》のきいた、恫喝《どうかつ》的な表情でにらみつけるのである。

また、近頃は、私に、「オマエ」という。大阪弁では「あなた」も「きみ」も市民権のないコトバなので、オタク——アンター——オマエ、と親愛度が増してゆくのだから、彼の「オマエ」はべつに蔑称《べっしょう》ではないのだが……しかし、私は三十歳目前だ。オマエとよばれると、坂田三吉と小春みたいだ。二十代のうちに最後の打ちあげ花火をあげてロマンチックに二十代のラストを飾りたい、という気は強くなっている。

そんなところへ、瀬川くんがあらわれ、しっかり、ロマンチックできる青年、ということを示したのだ。〈きりっとしてて、守ってあげたいような、ところがあります〉なんて。

三杉のような、「腹巻せー」だけですますタイプともちがい、「オカーチャン」しかいえない男ともちがい、新しいタイプの男ができたのだ。私の知らない間にこんな子が育っていたのだ。……私は、浦島太郎か、モンテ・クリスト伯になった気がした。そして瀬川くんにどうしようもなく、心がかたむいてゆく。

茹《ゆ》で卵の、黄身と白身に分けるとすると、（妙なたとえだけど）黄身のほうは瀬川くんであった。咽喉《のど》がつまってホクホクするが、でもやっぱり、おいしいのだった。白身はというと、こっちは三杉で、ツルンと咽喉はすべってゆくが、塩でも振らないと味も何もないというところだ。何だ、この白身め。

年下男の世話をやいてる、と三杉は怒るが、私は、新時代がはじまってる、新人類があらわれてる、ということを、三杉にも知らせたくてならなかった。三杉を、浦島太郎やモンテ・クリスト伯にしないために。

それはつまり、私が三杉を愛してるから、にほかならなかった。

私が感じたのと、同じことを、彼にも感じてほしいから、だった。

「新人類ってのはね、三杉さんのいう、大阪名物、阪神・吉本・たこ焼き、ってことをちゃんとわきまえてて、そのなかで生きてるし、べつにオカーチャンとも叫ばへんし、それでいて、〈守ってあげたい〉とすらりというの、……」

私たちは、小体《こてい》な、さっぱりした〝季節おん料理〟の店にいる。春らしい若竹汁や、筍《たけのこ》の煮つけ、鯛のあら煮、桜鯛の刺身《おつくり》、それに鯛の子の煮つけ、絹さやの卵とじ……なんていうお料理を注文し、（ここは一品ずつ、好きなものを注文できるので、私のこのみのお店だった。三杉は焼肉屋とか、焼鳥屋のほうが好きらしいが、私がここが好き、というのを知っていて、連れてきてくれることが多い）出てくる皿を心たのしく待つあいだ、私は気分よくしゃべっていた。三杉に会うときはいつも気分がいい。安定を感じ、自由を感じるから。

「あたし、オードリー・ヘップバーンやアガサ・クリスティの夫が年下やということは知ってたけど、そして彼女らが、とても夫に尽くされて、そんでさ、死ぬときもやさしくそばにいて手をにぎってくれた、なんて（これは私の想像である）知ってたけど、それを、新時代の男の子は、さらっというのよ、美女や才女は、男が守ってあげな、あかん、思いますって。……ねー。すごいでしょう」

「どこが凄いんじゃ」

「だって、おれについてこい、でもない、女は男の世話するためにあるんじゃー、てな、もんじゃなく、新しいタイプの男と女、いうのができてる、思わへん？」

「思わへんわいっ」

三杉の細い目が怒りをこめて張り裂けそうにみひらかれた。

「口先ばっかりえらそうにぬかしくさる年下男め、そんなんを〝ボクちゃんおじん〟、いうんじゃっ」

「おじんじゃない、顔なんかつるつるで、肌がきれいだよっ」

白身男《しろみおとこ》の三杉のごとく、柿渋《かきしぶ》を塗ったように風雨に曝《さら》された顔とちがうのだ。

「うるさいわい、そんな奴はかげで何しとるかわからん、毎晩、寝るまえにパックでもしとるんやろ、栄光のかげに陰部あり、じゃっ」

「暗部」

「暗部あり、じゃっ」

三杉は怒り狂ってテーブルをごつんと打とうとしたが、そこへ、筍の煮つけ、桜鯛の刺身《おつくり》といった、この世のものならぬ幸《さち》が運ばれてきたのでやめた。怒り猛《たけ》って鼻の穴から、ふーっと大きい鼻息があらあらしくふき出ていたが、それでも習慣というのはおそろしいもので、怒り狂いながら合掌して、口の中で、「イタダキマス」と三杉はいっている。

そうして桜鯛をぱくっと食べ、

「そいつともう寝たんか」

「なんでそう、短絡思考《たんらくしこう》すんの、そんなことというところが古いねん、新時代とちゃうわ」

「違わへん。男の考えることはいっしょじゃっ。そいつとメシ食うたやろ、酒飲んだやろ」

それはある。食事代は私が出そうとしたが、彼が払わせず、またもや伝票だった。

「それみい。メシ食う、いうのは寝るのと同じ、じゃっ」

「そこが古うてダサいねん、即《そく》、そこへ話がいく、あンたの古さ……」

「古うて何がいかんねん、男は古今東西、変わらへんわい。口先男に丸めこまれて何を夢みとんねん、ボケ。あたまに腹巻せー、そいつはオマエと寝よ思て、御託《ごたく》ならべとるだけじゃっ」

「あっ、あンたもあたしがお見合いした、学歴ばっかり高うて中身のスカスカな、頭脳の骨粗鬆症《こつそしょうしょう》の連中と同じやないの、いろんな文化がある、いうこと、知ろうともせえへんのよっ」

私はカッとして叫んだ。私にはわかった、私が三十になる前に女の打ちあげ花火を揚げたいと思ってることを察しもせず、愛してるとも結婚しようともいってくれない男、要するに自分の身勝手だけで生きてて、女はそのときどきでちょいと利用すればいい、と思っている男、そいつが白身男の、三杉なのだ、わかった、もうわかった。

「なんでそんな、綺麗な脚、なんですか」

と瀬川くんは箱《ボックス》のなかに並んで坐って私の脚に目をあてていう。女はこんな質問が好きなのよねー。もっと、もっと、もっと、いうてほしっ。

「同じ質問を、サマセット・モームの小説の中で、男が女にするわ、そのときの女の答え、知ってる?」

「知りません」

「『神の恵みと鉄の意志よ』と答えるの。でも、そんな思わせぶりなこと、いわへんわ、あたしは。女やからよ、というだけ」

大きな観覧車は動きはじめていた。すみれ色の空に向って。

瀬川くんが、神戸ポートピアランドへいきませんか、といったとき、私は、

「いやよ、焼きソバたべて絶叫マシーンに乗るなんて、美的やないわ」

といった。あそこには逆おとしジェットコースター、「アウトバーン」や「空とぶ絨毯」なんてのがあるけど、逆さになって髪ふりみだしてハラワタのとび出しそうな声で

絶叫してるなんて、ジャリンコ、ガキンチョのすることだ、と思っていたのだ。

神戸ポートピアランドは、海ばたを埋めたてた先端の遊園地で、ここは午後九時までやっているのが名物、夏なんか大にぎわいである。春もたけてゴールデンウィークを間近にひかえた今は、早や、若者がいっぱいで、海っぱたへこぼれおちそうになっていた。海をへだてて向いはハーバーランド、これはショッピングやたべもの街のある、若向きのプレイゾーンである。

三杉にはもうあれから、会っていない。そして私は、瀬川くんの可愛らしさに日ごと、いかれている。

今日のデートには彼は赤いアウディで迎えにきてくれたが、ドアを開《あ》けた私に、

「あの。これ」

とにっこりして花束をさし出すではないか。しかも薄青い紙と、ブルーのリボンでラッピングされた花は、白い百合ばかり十本、という、しゃれたものだった。百合の花束。私はくらくらときてしまった。女の子はこういう扱いかたをされたいのだ、と心の底から強く思った。でも私は笑ってさりげなくいったのだった。

「よかった、ちょうど晩ごはんに百合でも食べたいナーって、思ってたとこよ」

「そうやろうと思って」

と瀬川くんは目までのぼせて笑ったが、その目には抑《おさ》えきれぬすこやかな欲求が充ち満ちて、ちょっとゆさぶったらこぼれそうだった。

このまえは近鉄劇場へミュージカルを観にいった。これは私が前売券を買った。いい舞台で、私は久しぶりにミュージカルの楽しさに触れたと思った。三杉とはおしゃべりのたのしさはあるが、こういうのをいっしょに見る楽しみはない。

地下鉄で淀屋橋までゆき、地上へあがれば中之島である。瀬川くんは遊歩道をあるきながら、私に、

「ボタちゃん、と呼んでいいですか」

という。これは「浅丘さん」「瀬川くん」(会社では瀬川さんである)から、もう一歩進んだことになる。

遊歩道から川面はみえないが、すこしゴミくさい春の水の匂いがする。

「もう、友達でいられへん、いう気ィです、ぼくは」

瀬川くんはこんど営業一課へかわった。それまでは、ほかの人には絶対知られないようにしつつ、部屋が違ったのでむつかしくなった。それでデートの打合せなんかも、部屋が違ったのでむつかしくなった。それまでは、ほかの人には絶対知られないようにしつつ、うまく連絡をとることができたけど、部屋がちがうと、お互いの動静を把握しにくい。しかも新部署へうつって、瀬川くんは先輩たちに毎日連れ歩かれ、仕込まれているから、会社にいる時間は少い。その上、ちょっと可愛くて、いいうちのぼんぼんである瀬川くんは女の子たちに目をつけられている。彼女たちの眼をごまかすことは、これ以上はむつかしい。

「㊙というの、いやです、もう」

瀬川くんはいつまでも礼儀正しい。こんなときでも「ですます調」を崩さない。図書館、公会堂を抜けて私たちは東へ歩いてゆく。車も通るし、灯もかなり連なって明るい。しかし人通りはない。まだそんなに遅い時間ではないのだが。友達でいられないって、恋人になること？　いまだって仲よしの友達という以上、ではあると思うけど。

　そういったら瀬川くんはそれにこたえず、

「なんでぼくが浅丘さんを好きになったか、いうと、ぼくは二課にいたとき、いちばんはじめの仕事、へましたでしょ、極東鍛工《たんこう》、怒らしてしもて」

「あ、そんなこと、あった」

「あのとき浅丘さん、係長にぼくが叱られてるとき、そばを通りながら、『あそこ、あんな社風ですよね、いつも。ほら、前にも……』なんてとりなしてくれたでしょう？」

「とりなす、いうほど大事業やないけど……」

「でも係長は、そうそう、いう顔で、社風やったらしゃアないな、これから相手の社風見てモノいえよ、で終りになった。ぼくは浅丘さんをありがたい、思《おも》た。……見てると、浅丘さん、みんなに親切です。そんで、一ばん綺麗です。……親切やから綺麗にみえるのか、綺麗やから親切なんか」

　瀬川くんは夢中でしゃべっている。

「いつも、そんなにしゃべる？　瀬川くん」

「ぼくですか。ぼく、無口や、いわれます」

「おやおや」

「だけど……キスしてよろしですか」

〝だけど〟がどこへつくのか、また、無口とキスに関係があるのかどうかわからないが、瀬川くんはやっぱり「ですます調」でいった。この場合「よろし」という女がいるだろうか。しかも「よろし」とか「よっしゃ」というのは大阪弁である。大阪弁でキスしてもわるいということはないが、かなり、せつない部分がある。

「あかん、あかん」

と私はいった。瀬川くんは一瞬、殴打《おうだ》されたようにひるみ、しょげた顔になり、

「いっぺんキスしたら、それですまへんわ。もっと、もっと、になるわ」

「なんでですか」

「それで、なんで、あかんのですか」

「かえって淋しくなるでしょうから」

「なんで？」

「なんで、なんで、ってきかないの！　だっていつも一緒にいられへんのに、気安めみたいなキスでまぎらせたって、よけい淋しくなるだけでしょう？」

「いつも一緒にいればええ」

「え？」

「ぼく、浅丘さん誰かに奪《と》られへんか思て、このごろ心配でしょうないんです。結婚したら一緒にいられますよね？　結婚してくれます？　ぼく、両親にいいます」

私は聞こえなかった風をよそおって、

「おや、こんな時間」

と腕時計に目をあてていったが、たまたま足をふみ入れたあたりがあまりにも暗すぎたので、お芝居だということがわかってしまった。瀬川くんが物なれず、うぶだということも、ついでにわかった。ふつうの男ならそういうとき、有無をいわせず次の動作を会話の代りにしただろうに、瀬川くんはだまって突っ立っているだけだったのだ。ぼちぼち帰ろか、と私は散文的にいって足先を西へ向きかえた。瀬川くんはトボトボついてくる。私はゴールデンウィークの話をしているのに瀬川くんは返事もしない。

公会堂あたりで空車のタクシーをつかまえた。

瀬川くんを押しこみ、私も乗りこんで、梅田まで、といった。そうして私は運転手さんと景気についての話をした。要するに「ボタちゃん」は一見、シタタカのようにみえるが、内実はやっぱり女で、動揺していたのであった。「ですます調」で結婚を迫られるなんて。うれしくて涙が出てくる。この見当ちがいの涙め。涙に「腹巻せー」といってやりたいところだ。しかし私自身もとまどっているのだから、あわてものの見当ちがいの涙を怒ってみてもしかたないのであった。

私が、いいというのに、そのあと、瀬川くんは私を家まで送る、と言い張った。私は豊中のマンションに母と二人で住んでいる。小さいマンションであるが、用心はよく、玄関のガラスの自動ドアは、暗証番号でしか、開かない。瀬川くんはもじもじしていた。部屋には母がいるので、寄っていけば？　ともいえない。

「じゃ、ね」

私はナンバーを押してドアを開け、ホールへ入った。

瀬川くんは外から私を見ていた。玄関の灯は暗く、あたりに人はいない。

私はガラスのドアに寄った。

瀬川くんも寄ってきた。ガラス戸一枚をへだててぴったり寄り添う。

（あたしの、プレゼント）

私は声に出さないでいう。読唇術《どくしんじゅつ》を知らない瀬川くんは、

（え？）

という顔でいる。

私はつめたいガラスに唇をそっとつける。

瀬川くんもすぐわかって、唇をよせてきた。

ポートピアランドの大観覧車の箱《ボックス》は中空に、

「るーるー、りーりー」

という感じでせり上ってゆく。私は純白のミニスカートのスーツだ。すみれ色の夕空

に、くれのこり雲のようにみえるだろう。

「ひゃー。これはすごい」

夕日が沈む、神戸のまちが目の下になる、紫色の六甲の山並、オレンジ色の灯がつくハイウェイ。夕もやが海から湧く。夕日は沈んだが、空のあかね色は輝きを失なわない。天心の蒼《あお》さはすこし昏《くら》さを帯び、それでも澄んでいた。天心さして観覧車はゆっくり昇ってゆき、ついに頂点に達し、空は手をのばせばとどくほどにみえた。

海も目の下だった。

「ああ、すてき」

私は心を震わせ、瀬川くんにほめられた脚を、瀬川くんのズボンにぴったりとくっつけて空を仰いだ。私はべつに高所恐怖症ではないけれど、遊園地の豆粒のような人影、山々と海（それは朱と紫に染まっている）、すみれ色の天心をみると、心ばかりでなく、体もこまかく震えそうだった。私の運命は、思いもかけず、大きくかわるんじゃないか、まさかと思ってたけど、ひょっとして、この大観覧車のようにぐるりと一回転して、思いもかけぬ瀬川くんと結婚することになるんじゃないか。……このあとの運命――大観覧車を下りてから――は、成りゆきに任せようと思った。

「すてきでしょう？」

瀬川くんは私の感嘆にいたく満足したようであった。

「必見の価値はあるでしょう？」

私は（それもいうなら、一見の価値、でしょ）と訂正したかったが、それはいまいわなくても、いつでもいえると思い、瀬川くんの肩に、ボブのあたまをもたせかけた。そして年増女の訂正欲をむきだしにしなかったのは、はやくも瀬川くんの、「結婚してくれます？」に影響されてるな、と自己分析した。私は瀬川くんに、〈訂正好きの年増女〉と思われたくなかったのである。

今夜は私のほうから、ほんもののキスをしたくなるかもしれないと思った。

大観覧車を下りてみると、神戸のまちの夜景を見ようという人々が、夜の海風の冷たさを物ともせず、行列をつくって待っていた。

食事は三宮《さんのみや》で摂ることにした。ビルのなかより、二人とも、ごみごみした路地から路地へ抜ける盛り場が好きだったから。

アウディをオリエンタルホテルの駐車場に入れ、海と山の見える最上階のレストランで食事して、車はそこへ置いといたまま、私たちは鯉川《こいかわ》筋からセンター街の裏、路地から路地へと抜けてたのしんだ。このへんは私のほうがよく知っている。三杉とよくきたもの。

あっちのバーで一ぱい、こっちで一ぱい、というふうに、梯子酒《はしござけ》をたのしんだ。といって、どこも、常連というのではないので、三杉の代りに瀬川くんが私の横にいたって、おやおや、という顔をされることはなかった。

酒の弱い瀬川くんはもう飲めない、といい出した。でも私は飲みたかった。

何軒めかのバーを出たところで、ばったり、という感じで向うからきた二人連れに会った。

三杉である。

連れの女は二十二、三の若い子で、これはむろん、私は知らない子。

「久しぶりやな」

と三杉はにやりとしていい、すれちがいざま、私に、小声で、

「〝ボクちゃんおじん〟か？　あれが」

といった。

瀬川くんを一べつで見てとったらしい。

「ビデオ大会した子でしょっ」

つんとして私も、三杉の連れの女の子のことをいった。三杉はいそいで、

「会社の子ォや」

ふんっ。

色白で、ウサギのような子だという印象、しかし私には、あの女の子は大物《だいもつ》という庶民的な町の、三杉のアパートで、三杉といっしょに、ベージュ色の大きな月を見たんじゃないかと思った。その想像は私を苦しめた。

ウサギの彼女は、三杉のベージュ色の毛糸の腹巻や、兇暴な怒り目がだんだん和《なご》んで、深い男の優しさを湛《たた》えてゆく、その瞬間の、勝利感のような嬉しさを知っているのだろ

うかと思うと、私は空虚な淋しさにおそわれた。

三杉がなつかしいというのではないけど。

「まだ観覧車に乗ってるみたいや、ふはー、目がまわる」

なんて酔ってしまった瀬川くんは叫んでいる。これはもう、可愛いのを通り越して手がかかるだけであった。元町駅のベンチで酔いをさまして、電車で帰ることになった。

一日おいて、会社へ電話がある。

三杉だ。

「あれから、どうした」

「わかりました、係にそう申し伝えます」

仕事中なのでそういって切ろうとしたら、

「待てっ。こらっ」

三杉は、不審訊問をする側に廻った警官のようないいかたをする。

「今夜、〝ねぎ屋〟へけえへんか」

ねぎ屋というのは、お好み焼き屋だが、青葱《あおねぎ》（これは大阪葱の青くてほそい、やわらかい葱である）をたっぷり入れた、特別のお好み焼きである。このごろ流行《はや》っている店である。

「いやー。それはちょっと、むつかしいんじゃないかと存じますけど」

「ナンデヤ」

「はあ、いろいろと都合もございまして」

「こら、ボタ」

「そういうふうにおっしゃられますと、ちょっとナンでございますけど……」

「あのなあ」

すこし三杉は声をやわらげる。

「じつはな、おれの友達も来よんねん。昔の合コン仲間や。このあいだ、ボタの噂しとる奴、おったぞ。オマエまだ独身《ひとり》や、いうたら、みな、会いたい、いうとったぞ」

私は少し考えた。一対一ではもう三杉と会わない、と思ったが、ヒトがいるならいいか。

――そのあとでさりげなく、別れを告げたっていい。

六時半、ということなので、すこし廻ったころ、曽根崎新地《そねざきしんち》の「ねぎ屋」へいってみたら、三杉が一人いた。

私が一ばん乗りだった。

「みな、おそいね。誰々、くるの？」

三杉はビールとピーナツをもらって一人で先に飲んでいた。ぎろっと私を見て、

「誰もけえへん」

「…………」

「オマエとさしで話したい、思て」

「なんでウソつくのさ。そういえばいいのに」

「いうたら来たか。オマエと〝ボクちゃんおじん〟、手ェつないで歩いてんの見たら――」

「手ェなんかつないでないっ」

「感じとしてはそうじゃっ。腹たって鼻血出そうになった」

そこへ焼きたての葱やきがはこばれてきた。ここはマスターが焼いてこっちの鉄板へ廻してくれるのである。花がつおに葱、こんにゃく、紅生姜《べにしょうが》なんか山盛りになっていて、ソースの焦《こ》げる匂いと葱のかおりがミックスされていかにもおいしそうである。

「おい、ボタ、なあ」

三杉は私のグラスにビールをついだ。

「オマエ、ほんまにあの〝ボクちゃんおじん〟えらぶのか。おれに屁《へ》かまして」

「………」

「どっちかぬかしさらせ。それまで葱やき食うなー」

「いえっ。それってぶっとびの拷問だよーん。おなかすいてるとこへ、こんな、ええ匂いするんやもん」

「どっちか、早うきめんかい。ほれほれ、葱やき、焼けすぎて、堅《かと》うなるぜ。早よ、きめ」

「だって。だって。早くたべたいよう」

「待て。金払うのん、おれじゃ」

「どっちとっても食べさせてくれる？　つまり、瀬川くんか、あﾝたか、――」

「あかん。なんで〝ボクちゃんおじん〟とるやつに、葱やき、高価《たか》い葱やき、食わさんならんのじゃ」

「そんなら、あﾝたをえらぶしか、ないじゃん」

「そや」

私は笑ってしまった。

「ボタ。一緒に暮そか」

はじめて三杉のそんなコトバをきいた。

「おれ、はじめてヤキモチ、やいた。オマエと〝ボクちゃんおじん〟見て」

私も、ウサギの彼女と三杉をみて嫉妬を感じたとはいえなかった。

「胸がつまった」

いそいで食べた葱やきはおいしかった。

「腹巻せー」

三杉はいう。

彼といて、安定を感じ、自由を感じるのは守られてるってことじゃないか、と私はフト思った。私もどたんばだと思ったが、彼もあんがいそうかもしれないのだった。

本書には、現在では差別的表現と受け取られかねない表現が含まれていますが、差別を助長する意図はございません。また、作品発表時の表現を尊重して、原文のまま記載させていただいております。ご理解賜りますようお願い申し上げます。

出典
「卵に目鼻」「百合と腹巻」『薄荷草の恋《ペパーミント・ラヴ》』1998年 講談社文庫
「ずぼら」『ずぼら』2010年 光文社文庫
「婚約」「わかれ」『愛の風見鶏』1978年 集英社文庫
「金属疲労」『どこ吹く風』1992年 集英社文庫
「夢とぼとぼ」『はじめに慈悲ありき』1987年 文春文庫
「ちさという女」『孤独な夜のココア』2010年 新潮文庫
「どこがわるい」『妾宅・本宅 小説・人生相談』1980年 講談社文庫

単行本 二〇一五年七月 世界文化社刊

DTP制作 エヴリ・シンク

文春文庫

おいしいものと恋《こい》のはなし

定価はカバーに表示してあります

2018年6月10日　第1刷
2022年12月5日　第4刷

著　者　田《た》辺《なべ》聖《せい》子《こ》
発行者　大沼貴之
発行所　株式会社 文藝春秋

東京都千代田区紀尾井町 3-23　〒102-8008
TEL 03・3265・1211㈹
文藝春秋ホームページ　http://www.bunshun.co.jp

落丁、乱丁本は、お手数ですが小社製作部宛お送り下さい。送料小社負担でお取替致します。

印刷製本・凸版印刷

Printed in Japan
ISBN978-4-16-791091-4

（　）内は解説者。品切の節はご容赦下さい。

田辺聖子
女は太もも
エッセイベストセレクション1

オンナの性欲、夜這いのルールから名器・名刀の考察まで。切実な男女のエロの問題が、お聖さんの深い言葉でこれでもかと綴られる。爆笑、のちしみじみの名エッセイ集。（酒井順子）

た-3-47

田辺聖子
おちくぼ物語

継母にいじめられて育ったおちくぼ姫。ある日都で評判の貴公子・右近少将が姫の噂を聞きつけて……。美しく心優しい姫君と純愛を貫こうとする少将とのシンデレラストーリー。（美内すずえ）

た-3-50

田辺聖子
とりかえばや物語

権大納言家の若君と姫君には秘密があった！　実はこの異母兄妹、若君は女の子、姫君は男の子。立場を取り替えて宮中デビューした二人の、痛快平安ラブコメディ。（里中満智子）

た-3-51

田辺聖子
老いてこそ上機嫌

「80だろうが、90だろうが屁とも思っておらぬ」と豪語するお聖さんももうすぐ90歳。200を超える作品の中から厳選した、短くて面白くて心の奥に響く言葉ばかりを集めました。

た-3-54

田辺聖子
おいしいものと恋のはなし

別れた恋人と食べるアツアツの葱やき、女友達の恋の悩みを聞きながら食べる焼肉……男女の仲に欠かせない「おいしい料理」と「恋」は表裏一体。せつなくてちょっとビターな9つの恋物語。

た-3-56

田辺聖子
王朝懶夢譚

「イケメンの貴公子と恋をしたい」と願う月冴姫の前に妖怪たちが現れた！　天狗や狐、河童、半魚人……彼らの助けを借りながら、運命の恋に突き進むヒロインの平安ファンタジー。（木原敏江）

た-3-57

田辺聖子
上機嫌な言葉366日

人生を愉しむ達人・お聖さんのチャーミングな言葉366。白黒つけない曖昧な部分にこそ宿るオトナの智恵が、硬い頭と心を解きほぐしてくれる。人生で一番すてきなものは、上機嫌！

た-3-58

（　）内は解説者。品切の節はご容赦下さい。

赤川次郎
幽霊列車
赤川次郎クラシックス

山間の温泉町へ向う列車から八人の乗客が蒸発。中年警部・宇野は推理マニアの女子大生・永井夕子と謎を追う――。オール讀物推理小説新人賞受賞作を含む記念碑的作品集。（山前　譲）

あ-1-39

阿刀田　高
ローマへ行こう

忘れえぬ記憶の中で、男は、そして女も、生きたい時がある。あれは夢だったのだろうか。夢と現実を行き交うような日常の不可解を描く、大切な人々に思いを馳せる珠玉の十話。（内藤麻里子）

あ-2-27

有吉佐和子
青い壺

無名の陶芸家が生んだ青磁の壺が売られ贈られ盗まれ、十余年後に作者と再会した時――。壺が映し出した人間の有為転変を鮮やかに描き出した有吉文学の名作、復刊！（平松洋子）

あ-3-5

芥川龍之介
羅生門《らしょうもん》　蜘蛛《くも》の糸《いと》　杜子春《とししゅん》　外十八篇

昭和、平成とあまたの作家が登場したが、この天才を越えた者がいただろうか？　近代知性の極に荒廃を見た作家の、光芒を放つ珠玉集。日本人の心の遺産「現代日本文学館」その二。

あ-29-1

浅田次郎　編
見上げれば　星は天に満ちて
心に残る物語――日本文学秀作選

鷗外、谷崎、八雲、井上靖、梅崎春生、山本周五郎……。物語はあらゆる日常の苦しみを忘れさせるほど、面白くなければならないという浅田次郎氏が厳選した十三篇。輝く物語をお届けする。

あ-39-5

朝井リョウ
武道館

【正しい選択】なんて、この世にない。「武道館ライブ」という合言葉のもとに活動する少女たちが最終的に〝自分の頭で〟選んだ道とは――。大きな夢に向かう姿を描く。（つんく♂）

あ-68-2

朝井リョウ
ままならないから私とあなた

平凡だが心優しい雪子の友人、薫は天才少女と呼ばれる。成長に従い、二人の価値観は次第に離れていき、決定的な対立が訪れるが……。一章分加筆の表題作ほか一篇収録。（小出祐介）

あ-68-3

（　）内は解説者。品切の節はご容赦下さい。

彩瀬まる
くちなし
別れた男の片腕と暮らす女。運命で結ばれた恋人同士に見える花。幻想的な世界がリアルに浮かび上がる繊細で鮮烈な短篇集。直木賞候補作・第五回高校生直木賞受賞作。（千早　茜）
あ-82-1

朝比奈あすか
人間タワー
毎年6年生が挑んできた運動会の花形「人間タワー」。その是非をめぐり、教師・児童・親が繰り広げるノンストップ群像劇。無数の思惑が交錯し、胸を打つ結末が訪れる！（宮崎吾朗）
あ-84-1

五木寛之
蒼ざめた馬を見よ
ソ連の作家が書いた体制批判の小説を巡る恐るべき陰謀。直木賞受賞の表題作を初め、「赤い広場の女」「バルカンの星の下に」「夜の斧」など初期の傑作全五篇を収録した短篇集。（山内亮史）
い-1-33

井上　靖
おろしや国酔夢譚
船が難破し、アリューシャン列島に漂着した光太夫ら。厳寒のシベリアを渡り、ロシア皇帝に謁見、十年の月日の後に帰国できたのは、ただのふたりだけ。映画化された傑作。（江藤　淳）
い-2-31

井上ひさし
四十一番の少年
辛い境遇から這い上がろうと焦る少年が恐ろしい事件を招く表題作ほか、養護施設で暮らす子供の切ない夢と残酷な現実が胸に迫る珠玉の三篇。自伝的名作。（百目鬼恭三郎・長部日出雄）
い-3-30

色川武大
怪しい来客簿
日常生活の狭間にかいま見る妖しの世界――独自の感性と性癖、幻想が醸しだす類いなき宇宙を清冽な文体で描きだした、泉鏡花文学賞受賞の世評高き連作短篇集。（長部日出雄）
い-9-4

色川武大
離婚
納得ずくで離婚したのに、なぜか元女房のアパートに住み着いてしまって。男と女の不思議な愛と倦怠の世界を、味わい深い筆致とほろ苦いユーモアで描く第79回直木賞受賞作。（尾崎秀樹）
い-9-7

（　）内は解説者。品切の節はご容赦下さい。

伊集院 静
受け月
願いごとがこぼれずに叶う月か……。高校野球で鬼監督と呼ばれた男が、引退の日、空を見上げていた。表題作他、選考委員に絶賛された「切子皿」など全七篇。直木賞受賞作。（長部日出雄）
い-26-4

伊集院 静
羊の目
男の名はサイレントマン。神に祈りを捧げる殺人者——。戦後の闇社会を震撼させたヤクザの、哀しくも一途な生涯を描き、なお清々しい余韻を残す長篇大河小説。（西木正明）
い-26-15

池澤夏樹
南の島のティオ 増補版
ときどき不思議なことが起きる南の島で、つつましくも心豊かに成長する少年ティオ。小学館文学賞を受賞した連作短篇集に「海の向こうに帰った兵士たち」を加えた増補版。（神沢利子）
い-30-2

絲山《いとやま》秋子
沖で待つ
同期入社の太っちゃんが死んだ。私は約束を果たすべく、彼の部屋にしのびこむ。恋愛ではない男女の友情と信頼を描く芥川賞受賞の表題作。「勤労感謝の日」ほか一篇を併録。（夏川けい子）
い-62-2

絲山秋子
離陸
矢木沢ダムに出向中の佐藤弘の元へ見知らぬ黒人が訪れる。「女優の行方を探してほしい」。昔の恋人を追って弘の運命は意外な方向へ——。静かな祈りに満ちた傑作長編。（池澤夏樹）
い-62-3

井上荒野
あなたならどうする
「ジョニィへの伝言」「時の過ぎゆくままに」「東京砂漠」——昭和の歌謡曲の詞にインスパイアされた、視点の鋭さが冴える九篇。恋も愛も裏切りも、全てがここにある。（江國香織）
い-67-6

伊坂幸太郎
死神の精度
俺が仕事をするといつも降るんだ——七日間の調査の後その人間の生死を決める死神たちは音楽を愛し大抵は死を選ぶ。クールでちょっとズレてる死神が見た六つの人生。（沼野充義）
い-70-1

（　）内は解説者。品切の節はご容赦下さい。

伊坂幸太郎
死神の浮力
娘を殺された山野辺夫妻は、無罪判決を受けた犯人への復讐を計画していた。そこへ人間の死の可否を判定する〝死神〟の千葉がやってきて、彼らと共に犯人を追うが——。（円堂都司昭）
い-70-2

阿部和重・伊坂幸太郎
キャプテンサンダーボルト（上下）
大陰謀に巻き込まれた小学校以来の友人コンビ。不死身のテロリストと警察から逃げきり、世界を救え！　人気作家二人がタッグを組んで生まれた徹夜必至のエンタメ大作。（佐々木　敦）
い-70-51

いしいしんじ
悪声
「ええ声」を持つ赤ん坊〈なにか〉はいかにして「悪声」となったのか。ほとばしるイメージ、疾走するストーリー。五感を総動員して描かれた、河合隼雄物語賞受賞作。（養老孟司）
い-84-2

岩井俊二
番犬は庭を守る
原発が爆発し臨界状態となった国で生れたウマソー。成長しても生殖器が大きくならない彼に次々襲いかかる不運、悲劇、やがて見出す希望の光。無類に面白い傑作長篇。（金原瑞人）
い-103-3

内田春菊
ファザーファッカー
十五歳のとき、私は娼婦だったのだ。売春宿のおかみは私の実母で、ただ一人の客は私の育ての父……養父との関係に苦しむ少女の怒りと哀しみと性を淡々と綴る自伝的小説。（斎藤　学）
う-6-16

内田春菊
ダンシング・マザー
戦前に久留米で生まれた逸子。華麗な衣装を縫い上げて、ダンスホールの華になるが、結婚を機に運命は暗転。情夫の娘への性虐待を黙認するに至った女の悲しき半生の物語。（内田紅甘）
う-6-17

内田英治
ミッドナイトスワン
トランスジェンダーの凪沙は、育児放棄にあっていた少女・一果を預かることになる。孤独に生きてきた凪沙に、次第に母性が芽生えていく。切なくも美しい現代の愛を描く、奇跡の物語。
う-37-1

江國香織
赤い長靴
二人なのに一人ぼっち。江國マジックが描き尽くす結婚という不思議な風景。何かが起こる予感をはらみつつ、怖いほど美しい十四の物語が展開する。絶品の連作短篇小説集。（青木淳悟）
え-10-1

江國香織・小川洋子・川上弘美・桐野夏生
小池真理子・髙樹のぶ子・髙村　薫・林　真理子
甘い罠
8つの短篇小説集
江國香織、小川洋子、川上弘美、桐野夏生、小池真理子、髙樹のぶ子、髙村薫、林真理子という当代一の作家たちの逸品だけを収めたアンソロジー。とてつもなく甘美で、けっこう怖い。
え-10-2

円城　塔
プロローグ
わたしは次第に存在していく——語り手と登場人物が話し合い、名前が決められ世界が作られ、プログラムに沿って物語が始まる。知的なたくらみに満ちた著者初の「私小説」。（佐々木　敦）
え-12-2

小川洋子
妊娠カレンダー
姉が出産する病院は、神秘的な器具に満ちた不思議の国……妊娠をきっかけにゆらぐ現実を描く芥川賞受賞作。「妊娠カレンダー」『ドミトリイ』『夕暮れの給食室と雨のプール』。（松村栄子）
お-17-1

小川洋子
やさしい訴え
夫から逃れ、山あいの別荘に隠れ住む「わたし」とチェンバロ作りの男、その女弟子。心地よく、ときに残酷な三人の物語の行き着く先は？　揺らぐ心を描いた傑作小説。（青柳いづみこ）
お-17-2

奥泉　光
ゆるキャラの恐怖
桑潟幸一准教授のスタイリッシュな生活3
たらちね国際大学教員のクワコーに、「大学対抗ゆるキャラコンテストに着ぐるみで出場せよ」との業務命令が。どこまでも堕ちゆく下流大学教員の脱力系事件簿、第三弾。（鴻巣友季子）
お-23-5

乙川優三郎
太陽は気を失う
福島の実家を訪れた私はあの日、わずかの差で津波に呑まれていたかも——。震災に遭遇した女性を描く表題作など、ままならぬ人生を直視する人々を切り取った短篇集。（江南亜美子）
お-27-5

（　）内は解説者。品切の節はご容赦下さい。

奥田英朗
無理（上下）
壊れかけた地方都市・ゆめのに暮らす訳アリの五人。それぞれの人生がひょんなことから交錯し、猛スピードで崩壊してゆく様を描いた傑作群像劇。一気読み必至の話題作！
お-38-5

荻原　浩
ちょいな人々
「カジュアル・フライデー」に翻弄される課長の悲喜劇を描く表題作ほか、少しおっちょこちょいでも愛すべき、ブームに翻弄される人々がオンパレードの抱腹絶倒の短篇集。（辛酸なめ子）
お-56-1

荻原　浩
ひまわり事件
幼稚園児と老人がタッグを組んで、闘う相手は？　隣接する老人ホーム「ひまわり苑」と「ひまわり幼稚園」の交流を大人の事情が邪魔するが。勇気あふれる熱血幼老物語！（西上心太）
お-56-2

大島真寿美
あなたの本当の人生は
書けない老作家、代りに書く秘書、その作家に弟子入りした新人。「書くこと」に囚われた三人の女性の奇妙な生活は思わぬ方向に。不思議な熱と光に満ちた前代未聞の傑作。（角田光代）
お-73-1

尾崎世界観
祐介・字慰
クリープハイプ尾崎世界観、慟哭の初小説！　売れないバンドマンが恋をしたのはピンサロ嬢——。「尾崎祐介」が「尾崎世界観」になるまで。書下ろし短篇「字慰」を収録。（村田沙耶香）
お-76-1

開高　健
珠玉
海の色、血の色、月の色——三つの宝石に托された三つの物語。作家の絶筆は、深々とした肉声と神秘的なまでの澄明さにみちている。「掌《て》のなかの海」「玩物喪志」「一滴の光」収録。（佐伯彰一）
か-1-11

開高　健
ロマネ・コンティ・一九三五年
六つの短篇小説
酒、食、阿片、釣魚などをテーマに、その豊饒から悲惨までを描きつくした名短篇集は、作家の没後20年を超えて、なお輝きを失わない。川端康成文学賞受賞の「玉、砕ける」他全6篇。（高橋英夫）
か-1-12

（　）内は解説者。品切の節はご容赦下さい。

川上弘美
真鶴
12年前に夫の礼は、「真鶴」という言葉を日記に残し失踪した。京は母親、一人娘と暮らしを営む。不在の夫に思いを馳せつつ恋人と逢瀬を重ねる京は、東京と真鶴の間を往還する。（三浦雅士）
か-21-6

川上弘美
水声
亡くなったママが夢に現れるようになったのは、都が弟の陵と暮らしはじめてからだった——。愛と人生の最も謎めいた部分に迫る静謐な長編。読売文学賞受賞作。（江國香織）
か-21-8

川端裕人
声のお仕事
目立った実績もない崖っぷち声優の勇樹は人気野球アニメのオーディションに挑むも、射止めたのは犬の役。だがそこから自らの信念「声で世界を変える」べく奮闘する。（池澤春菜）
か-28-4

角田光代
空中庭園
京橋家のモットーは「何ごともつつみかくさず」……普通の家族の表と裏、光と影を描いた連作家族小説。第三回婦人公論文芸賞受賞、小泉今日子主演で映画化された話題作。（石田衣良）
か-32-3

角田光代
対岸の彼女
女社長の葵と、専業主婦の小夜子。二人の出会いと友情は、些細なことから亀裂を生じていくが……。孤独から希望へ、感動の傑作長篇。直木賞受賞作。（森　絵都）
か-32-5

川上未映子
乳《ちち》と卵《らん》
娘の緑子を連れて大阪から上京した姉の巻子は、豊胸手術を受けることに取り憑かれている。二人を東京に迎えた「私」の狂おしい三日間を、比類のない痛快な日本語で描いた芥川賞受賞作。
か-51-1

川上未映子
夏物語
パートナーなしの妊娠、出産を目指す小説家の夏子。生命の意味をめぐる真摯な問いを、切ない詩情と泣き笑いの極上の筆致で描く、エネルギーに満ちた傑作。世界中で大絶賛の物語。
か-51-5

（　）内は解説者。品切の節はご容赦下さい。

川村元気
四月になれば彼女は
精神科医・藤代に〝天空の鏡〟ウユニ湖から大学時代の恋人の手紙が届いた――失った恋に翻弄される十二か月がはじまる。恋愛なき時代に挑んだ「異形の恋愛小説」。（あさのあつこ）
か-75-3

川村元気
百花
「あなたは誰？」。息子を忘れていく母と、母との思い出を蘇らせていく息子。ふたりには、忘れることのできない〝事件〟があった。記憶という謎《ミステリー》に挑む傑作。（中島京子）
か-75-5

加藤千恵
アンバランス
夫の性的不能でセックスレスの夫婦。ある日、夫の愛人を名乗る中年女が妻の日奈子を訪れ、決定的な写真を見せる。夫婦関係の崩壊はいつ始まっていたのか。妻は苦悩する。（東　直子）
か-78-1

菊池　寛
マスク
スペイン風邪をめぐる小説集
スペイン風邪が猛威をふるった100年前。菊池寛はうがいやマスクで感染予防を徹底。パンデミック下での実体験をもとに描かれた「マスク」ほか8篇、傑作小説集。（辻　仁成）
き-4-7

岸　惠子
愛のかたち
親子の葛藤、女の友情、運命の出逢い。五人の男女のさまざまな愛のかたちを、パリと京都を舞台に描き出す大河恋愛小説。表題作「愛のかたち」に加え、「南の島から来た男」を収録。
き-10-2

桐野夏生
夜の谷を行く
連合赤軍事件の山岳ベースで行われた仲間内でのリンチから脱走した西田啓子。服役後、人目を忍んで暮らしていたが、ある日突然、忘れていた過去が立ちはだかる。（大谷恭子）
き-19-21

木内　昇《のぼり》
茗荷谷の猫
茗荷谷の家で絵を描きあぐねる主婦。染井吉野を造った植木職人。画期的な黒焼を生み出さんとする若者。幕末から昭和にかけ各々の生を燃焼させた人々の痕跡を掬う名篇9作。（春日武彦）
き-33-1

（　）内は解説者。品切の節はご容赦下さい。

車谷長吉
赤目四十八瀧心中未遂
「私」はアパートの一室でモツを串に刺し続けた。女の背中一面には迦陵頻伽の刺青があった。ある日、女は私の部屋の戸を開けた——。情念を描き切る話題の直木賞受賞作。（川本三郎）
く-19-1

熊谷達也
鮪立《しびたち》の海
三陸海岸の入り江にある港町「仙河海」。大正十四年にこの町に生まれた守一は、漁に一生をかけたいとカツオ船に乗り込んだ……。激動の時代を生き抜いた男の一代記。（土方正志）
く-29-6

宮藤官九郎
きみは白鳥の死体を踏んだことがあるか（下駄で）
冬の白鳥だけが名物の東北の町で男子高に通う「僕」。ある日、ローカル番組で「おもしろ素人さん」を募集しているのを見つけた僕は、親友たちの名前を勝手に書いて応募し……。（石田衣良）
く-34-3

窪　美澄
さよなら、ニルヴァーナ
少年犯罪の加害者、被害者の母、加害者を崇拝する少女、その運命の環の外に立つ女性作家……各々の人生が交錯した時、何を思い、何を見つけたのか。著者渾身の長編小説！（佐藤　優）
く-39-1

玄侑宗久
中陰の花
自ら最期の日を予言した「おがみや」ウメさんの死をきっかけに、僧侶・則道は〝この世とあの世の中間〟の世界を受け入れていく。芥川賞受賞の表題作に「朝顔の音」併録。（河合隼雄）
け-4-1

小池真理子
沈黙のひと
生き別れだった父が亡くなった。遺された日記には、父の心の叫び——娘への愛、後妻家族との相克、そして秘めたる恋が綴られていた。吉川英治文学賞受賞の傑作長編。（持田叙子）
こ-29-8

佐木隆三
復讐するは我にあり
改訂新版
列島を縦断しながら殺人や詐欺を重ね、高度成長に沸く日本を震撼させた稀代の知能犯・榎津巌。その逃避行と死刑執行までを描いた直木賞受賞作の、三十数年ぶりの改訂新版。（秋山　駿）
さ-4-17